「私は女の子だけど、『普通の女の子』ではない」という、「女の子として失格」であるかのような思いや挫折感を抱いたり、人としての自信はそれなりに持つことができても「女の子」としての自信は持てないまま成長してしまった「女子」、それはそのまま、私自身の姿でもあります。

昨年出した『女子をこじらせて』という本で、私は「普通の女の子」になりそびれ、そのために大きく人生の曲がり道に迷い込んでウロウロすること30数年という自分自身の「女子をこじらせた人生」のことを書きました。

私はうまいこと女子になりそこなったせいで、服装や髪型で失敗を繰り返し、恋愛でも失敗を繰り返し、輝ける特権階級の「女子」の代表に思えたAV女優に憧れてAVを観るようになり、AVライターというけっこう変わった仕事を始めたりなんたりの紆余曲折を経てきました。

「女子をこじらせた」状態というのが何なのか、いまあらためて考えて

「普通の女の子」として存在できなかったあなたへ

みると、簡単に言えば「女としての自尊心」を大きく損なわれたり、それを持ちたくても何らかの要素のせいでどうしても持てない、という状態ではないかと思います。自分の中で「女」というものに、うまく折り合いをつけられない。その状態はつらいし、その苦しみは私にとってはなじみ深いものです。ええ、そりゃあこじらせの泥沼で伊達に何十年ももがき続けてきたわけじゃないです。

その苦しみから、泥沼から、本当に逃れたいと思うならどうすればいいのか？

風邪や怪我と違って、「こじらせる」という自意識の問題は、「こうすれば治ります」という誰にでも通用する解決方法を示せるものではありません。恋愛などの他者との関係で承認を得て急激に変わる場合もあるでしょうし、劣等感を感じている部分がどこなのか自覚して克服しようと努力したり、自意識のありかたを意志の力で少しずつ変えてゆく人もいるでしょう。

自分のことを考えてみても、いろいろやってみてどれがどのような効果をあげたのか、はっきり「これをやればこじらせが治る！」と言えるようなものは見当たらないし、それ以前にいまでも完全に「こじらせの泥沼」から脱出できたとは言い切れない部分があります。身体半分ぐらいは這い出てきたけど、まだ泥だらけ、ぐらいの心境です。油断すればいつまた泥沼の中に引きずり込まれるかわからない……という不安もあります。

でも、確実にラクになった部分もあるのです。それはなんといっても「女友達とこの気持ちを共有し、笑い飛ばせるようになったこと」です。

ひとりで悩んでいるうちは、ただひたすらに深刻な悩みだったことが、人に話すと「えっ、そんなしょうもないことで悩んでたの？」と言われることはよくあります。もちろん、人にいくら「しょうもないこと」と言われても、自分の中では重大な問題であることは変わらないかもしれません。

でも、深刻な悩みであればあるほど、その苦しみが大きければ大きいほど、ときには「しょうもないこと」だと軽く考えてほかのことに没頭する瞬間を持つことがとても大切だったりもします。

自意識との格闘は、長く、苦しいものです。その戦いのあいだも、毎日を生きていかなければなりません。一瞬でもそれを忘れられたり、笑い飛ばせたりする息継ぎのような時間がないと、きついです。

この対談集は、『女子をこじらせて』を出版したあとに、トークイベントなどで私が体験した、愚痴り合ったりアドバイスを受けたり、どこを目指せばいいのか話し合ったりする「女友達とのおしゃべり」のような時間を集めたものです。

たとえ自意識との戦いが終わっても、楽しいことしかない人生なんてありません。いつでも、どんなことが起きても、それを忘れたり笑い飛ばせたりする瞬間を持つことができる人生のほうが、きっとラクです。

この本を読んでいる時間が、あなたにとってそういう時間になることを祈っています。

「普通の女の子」として存在できなかったあなたへ

もくじ

「ゲロブス」自意識からの旅立ち

× 峰なゆか

PROFILE

みねなゆか

1984年生まれ。ライター、漫画家。「恋のから騒ぎ」（日本テレビ）出演後、2005年に宇宙企画よりAVデビュー。現役女優時代からコラム連載等を始め、引退後は執筆業に専念。2011年、“モテ”を切り口に女の生態、男への本音を鋭く描いた漫画『アラサーちゃん』（メディアファクトリー）を上梓。現在、『週刊SPA!』『GetNavi』『ダ・ヴィンチ電子部』等で漫画、コラム、書評連載多数。

撮影現場で魚喃《ななな ん》キリコを読むAV女優

雨宮 なゆかちゃんは、とてもそうは見えないけど、こじらせてるの？

峰 雨宮さんとはよくふたりでお茶をするんですけど、いつも喫茶店で5時間ぐらい、コーヒーを何杯か頼んでずっとこじらせてる話ばっかりしてるじゃないですか。

雨宮 私、なゆかちゃんに初めて会ったときの印象がかなり強烈なんだよね。なゆかちゃんがまだAV女優だったころに、グラビアの撮影現場に私が取材に行ったときのことなんですが。

峰 よく覚えてます（笑）。

雨宮 そのときのなゆかちゃんといえば、ゴージャスセレブ系のキャラで売ってたじゃないですか。

峰 そうです。インチキセレブ痴女みたいな感じですね。

雨宮 「極上ボディ」って感じで、パッケージでもゴールドの水着とか着てましたよね。撮影スタジオに着いて「ゴージャス美女が中にいるんだ……」とドキドキしながらドアを開けたら、そこにいたのはメガネをかけて全然巨乳に見えない服を着た地味な感じの女の子で、しかも魚喃キリコの『Strawberry shortcakes《ストロベリーショートケイクス》』（祥伝社）を読んでた（笑）。

「峰さんってこの人……ですよね？」って不安になったんだけど、その場にいるほかの人は全員男だから、消去法で考えると峰さんである人はその人しかいなくて。てっきり見た目も中身もゴージャスセレブ系の人だと思ってたのに、フタを開けたら魚喃キリコかよ！って、すごいびっくりした。

峰　魚喃キリコにすごい食いつかれた記憶がありますよ！

雨宮　「え、魚喃キリコ好きなんですか？　ほかにどんな漫画読んでるんですか？」とか訊いたような。自分とは何の接点もないゴージャス美女かと思ってたのに、魚喃キリコを読んでるという共通点を見つけた途端「こっち側の人間なのか!?」って思っちゃって。完全に童貞の発想ですよね。

峰　私の方も、現場に来るライターさんはだいたいおっさんなので、若い上品な女の人がおしゃれな格好で来たから「この人はたぶん、普段はファッション誌でメイクとか美容について書いてるのに、悪い編プロの人にだまされてこんな現場に来ちゃって、どうしようって思ってるんだ。申し訳ない」と思ってて。

雨宮　確かにそのころはまだ女優さんの取材に慣れてなくて「こんなにキレイな人と会うの超緊張する！」と思ってかなりドキドキしてましたね〜。

峰　だから脱ぐのも申し訳なくて、「別に私の乳首なんて見たくないだろうに、すみません」って。

雨宮　私は逆に「こんなキレイな人の裸とか間近でガン見しちゃっていいんだろうか」「女にジロジロ見られるのイヤじゃないかなぁ」とか思って、見たいんだけど照れちゃって、微妙に恥ずかしいムードを漂わせてしまって申し訳なかったと思ってます。

峰　いやいや。その後、記事が載った雑誌をもらって読んでいたら「男優さんの声がエロい」みたいなことをすごいねちねちと書いたコラムがあって「誰が書いてるんだろう？」と思って見たら、雨宮さんの名前が載っていてびっくりしました。

雨宮　『増刊　峰なゆか』（GOT）ですよね。

峰　そうです。そのコラムを見てあまりにびっくりしたので「雨宮まみ」で検索したら、雨宮さんのブログを発見したんです。そこで「あ、全然美容ライターじゃない」と気づきました。

雨宮　そうなんだ。私は覚えてくれてると思ってなくて、その後、私がアップリンクでAVのイベントをやったときに、なゆかちゃんがブログに感想を書いてくれてるのを読んで「来てくれてたんだ！」とびっくりした記憶があります。

峰　なんか遠回りな両想いって感じですよね！

雨宮　そうそう。嬉しくて、なゆかちゃんがAVを引退するときにインタビューさせてもらって。そこからですよね、友達になったのは。

単体AV女優なのに「こじらせてる」!?

雨宮　なゆかちゃんのこじらせ話に戻すと、自分の認識ではこじれてると思ってますか？

峰　はい、それはもう！

雨宮　『アラサーちゃん』（メディアファクトリー）を読むと、順風満帆にまっすぐ生きてきた人には書けないものだなぁって実感しますけど、外見からは全然わからないですよね。

峰　そうなんです。そもそもAV女優って、まったくこじらせてないと思われてますし。

雨宮　そうそう。どちらかというと自分のかわいさや美しさ、女性性を素直に受け入れて自信を持ってる人がやる仕事だと思われてるよね。でも、そんなことはない？

峰　そうなんですよ。実態はむしろ、女性性が受け入れられなくて自信がない人だからこそAV女優になったっていう人が過半数な印象があります。

雨宮　ちょっとなゆかちゃんの半生を語ってくださいよ。

峰　私も、今は自分が「イケてる女子」みたいな側に分類されてるっていうことはわかるんですけど、小学生くらいのころは、本当に自分がゲロブスだと思ってました。

雨宮　ゲロブス……（笑）。周りからそう言われたりしたの？

峰　そうですね。実際クラス内でもそういう扱いだったし。

雨宮　いわゆるスクールカーストの、イケてない女子の側に入ってたんだ。

峰　そうです。自分は世界で何百番くらいに入るブスだと思ってたんです。

雨宮　ワールドクラスのゲロブス（笑）。なかなか思い込み激しいですね。

峰　だから、結婚するとか彼氏ができるとか、そういう人並みのことを自分ができるとはまったく思ってなくて。この世にエロい行為があるって知る年頃になるとさらに「私はセックスすらできないのかもしれない」と思うようになって。当時は難易度で言うと、簡単な方からセックス↓恋愛↓結婚かな、と考えてました。

雨宮　そうそう。順番的にセックスが先にくるんですよね。恋愛とか結婚は、愛し愛されて的なことだからもう奇跡に近くて、セックスよりも断然ハードルが高い。自分が好きな人に好かれるなんて、もうそんなことこの世にあると思えないですもんね。

峰　そうなんですよ。結婚や恋愛ができないことに対しては「そんな奇跡的なこと、誰にでもできることじゃないし」って自我を保っていられたんですけど、一般的には男がほとんどすべての女とヤリたがるとされているセックスの相手にすら選んでもらえないかもしれないっていう新たな基準が出てくると、これに対してはほんとに……。

雨宮　自我が保てない（笑）。

峰　そのころの私は町を見渡して、不細工なおばさんが子供を連れて歩いてるのを見ると「あんな人でもセックスしたんだな」って思ってました。

雨宮　処女特有の発想ですよね。

峰　「私はセックスできないから、あの人以下なんだ」って、改めて自分はゲロブスだと心に刻み込んでいったんですよ。

雨宮　刻み込まなくてもいいことを刺青《いれずみ》のように刻み込んでいったんですね。でも、わかります。「あの人が結婚できてるのに私はできてない」「あの人がセックスできてるのに私はできてない」って、みんなが普通に、当たり前にやってることを自分ができない、ってなったときに「私には何か欠落があるんじゃないか？」って自分に原因を探しちゃうんですよね。私は見た目だけじゃなく、内面にも問題があるんじゃないかと両方に原因を求めたから、余計にこじれた気がする。なゆかちゃんは外見だけだった？

峰　どうだったかなぁ。性格があまりよくない自覚はありました。かわいい子はいるだけで周りの人を幸せにしますけど、一方で不細工な人は見たくもないし、そういう扱いを受けるから、性格だってねじれて当然だろ！と開き直ってた部分はありますね。

雨宮　「性格がねじれて当然」……。魂の叫びだね。そうだよね、ブス差別を受けてるのに、すこやかな精神に育てないよね！　モテないとかセックスできないとか、いろんな苦難に耐えて生きてるんだから、そんななにも考えずにニコニコしながら生きてらんねーよ！と逆ギレ気味に思いますよね。

峰　あと、「モテない」という状態は対男性だけの問題だけじゃなくて、女友達との関係にも関わってきますよね。『女子をこじらせて』に「自分だけ恋愛の相談をされなかった」と書いてありましたけど、すっごいわかります。私もされなかったんですよ。

雨宮　マジで!?

峰　誰と誰が付き合ってるとかも、絶対教えてもらえませんでした。たぶん、ちょっと哀れまれてたところもあったんじゃないですかね。

雨宮　「こいつは恋愛とか縁がないから、こういう話したらかわいそう」みたいな？それ、いまだに多少感じるときがある（笑）。つらいよね、あれ。クラスで周りのみんなは知ってるのに、別のクラスの別のクラスの別のクラスの……とぐるって回った後に部活の後輩とかからやっと「誰と誰が付き合ってる」って伝わってきて「あ、そうなんだ……」みたいな。友達なのに知らないの、自分だけ。

峰　「1ヵ月くらい前にみんなが話をにごしてたのって、その話だったんだ」みたいな。

雨宮　タンスの中に敷いてある古新聞見て初めて知ったニュースくらいの遅さで伝わってきますよね。

峰　友達はいても、男女みんなで行く遊園地に誘われないですよね。
雨宮　ダブルデートとかじゃなくて、みんなで行くやつでしょ？
峰　そうです。別に男女の人数を合わせるとかじゃなくて、みんなで行くやつで。
雨宮　合コンでもなくて、仲良しグループみんなで行こうね、みたいなやつ。
峰　そうです。あ……。
雨宮　どうしたの？
峰　つらいから忘れてたんですけど、今ちょっと古傷が開いてきました。
雨宮　私も誘われなかったな、夏祭りとか。誘われないのはまだいいんだけど、翌日の空気がツラいんだよね。みんなその話してるのに自分だけ入れないっていう。そのせいで、私、今でも福岡の祭りが全部憎いよ（笑）。地元に暗い思い出がありすぎて、故郷を愛せない身体になってしまった。

自分の頭の中のイケてる男子が許さない

峰　私、自分は顔も中身もダメだし、アピールするところがないなって思ってたんですけど、だからと言って勘違いブスになるのも怖かったんですよ。不細工な女の子が濃いメイクをして露出系の服とか着てるのを、男の人はすごいバッシングするじゃないですか。

雨宮　「あいつ脚太いくせに網タイツ履いて気持ち悪い」みたいなやつでしょ？　あれを一度でも聞くと、もうなにもできなくなるよね。「私の今日の服装もなんか言われてるのかな」「三十路《みそじ》なのにガーリーな服着て痛々しい」とか考えると、血が凍る。

峰　それが怖くてモテ系の格好ができないっていうの、ありますよね。「お前自分がそんなカッコしていいと思ってんの？」って思われるのが怖くてミニスカートがはけないとか。

雨宮　ありますね。「こいつブスのくせにミニスカートはいて、カッコと顔が合ってねーんだよ」みたいな言葉が頭の中をぐるぐると……。

峰　だから学生時代は制服着るのも嫌だったんです。「ブスがなに調子こいてセーラー服とか着ちゃってんの？　スネ毛ボーボーの汚い脚出さないでもらえます？」みたいな、誰にも言われてなくても、私の頭の中のイケてる男子が言ってくるんですよね。普通なら、じゃあせめてスネ毛を剃ってみるとかそういう行動にうつると思うんですけど、それもできない。脳内のイケてる男子が今度は「ドブスが色気づいていまさらスネ毛剃ったところで意味ねーから！」って言ってくるし、かといって剃らないでいても「顔も汚ねえうえにスネ毛も処理しないなんてブスのコンボで吐き気がするんですけど!!」みたいな声が聞こえてくるしで、もう身動きとれないんですよ。

雨宮　振り払っても振り払っても脳内に直接聞こえてきますよね。

峰　私が小学生か中学生のころ、「肌水《はだすい》」が流行ったんです。小学生の女の子も、肌水だったらおこづかいで買えるから、みんな肌水を使ってたんですよ。私も使ってみたいと思って薬局に行ったんですけど、どうしても買えないんですよ。

雨宮　肌水ですら……。

峰　そう。肌水ですら「お前肌をどうにかしたらモテると思ってんの？」って声が聞こえてくる。そのころ、小中学生女子が美容に励むことが推奨されてるような流行が出始めて、眼鏡で三つ編みでニキビだらけの女の子が一念発起して、髪を切ってコンタクトにして化粧水をつけてキレイになって男の子とうまくいく、っていうシンデレラストーリーの少女漫画が横行してたんですよね。それを読んで「漫画だから眼鏡からコンタクトにするだけで眼球の大きさがいきなり変わったりするんだろー？　ガチのブスはそんな小手先のまやかしごときじゃびくともキレイになんてなれねーんだよ!!」ってツッコミ入れながら、でももしかしたら自分も頑張ればこの漫画みたいにキレイになれるかもしれないって希望も捨てきれず、かといって実際コンタクトにするとか、肌水つけてみるとかを実行することもできないですよね。脳内イケてる男子の声ももちろんあるけどそれ以上に、きれいになるための努力をしても自分がブスのままだったら、最後の希望までなくして自分は一生ゲロブスとして生きなくてはいけないんだってことが確定されてしまうから、努力の結果を見るのが恐かった。さらに、同時期にまさに『きれいになりたい』(オレンジページ)っていう雑誌が創刊されたんですよ。私が口に出すのも憚《はばか》られるほどの恥ずかしい欲望を、よりにもよって雑誌名にされたんですよ!?　超読みたいけど、肌水すら買えない女がそんなもん買えるわけがないじゃないですか。しかもその雑誌のCMで、かわいいモデルさんがにこにこと「きーれいになりたーいー♪」って歌うのが流れまくってて。ああ、ああいう顔に生まれてたら、きれいになりたいって堂々と言えるんだ……。歌まで歌えちゃうんだ……。って絶望しか感じないですよ。あまりの嫉妬で常に頭の中でそのフレーズがエンドレスで再生されて、毎晩夢にも出てくるしでもう狂うかと思いましたよね。当時はなんでもかんでも、それぐらいの重さで考えてました。

雨宮　今はいい感じになってよかったですね。

峰　今はもう肌水買えます！

雨宮　そういう考えを、何かきっかけがあって克服できたの？　完全に克服したかどうかはともかく、今は肌水も買えるし、かわいい格好もできてるじゃないですか。

峰　きっかけになったのは、たぶん、胸が大きくなってきたことです。

雨宮　胸で成り上がった!!

峰　中身も外身もなかった女におっぱいがついたことで、ひとつの自信になったんです。

雨宮　神様がオプションを与えてくれたんだ（笑）。いい話だな〜。

峰　とは言っても、まぁゲロブスにおっぱいがついただけだという自覚もあって。これは歳をとればとるほど価値が下がってしまうから、女子高生のうちになんとか処女を捨てておかないともう今後チャンスはないと思ったんです。

雨宮　若さもオプションだから、そのオプションが消えないうちに捨てておかないとと思いますよね。

峰　あと、気づいたんですよ。勘違いブスも、高校生ぐらいになるとセックスできるんです。

雨宮　周りが盛りのつく年齢になれば……。

峰　地味なブスは、男が10人いたら10人無関心ですけど、勘違いしてエロい服とか着てるブスは、10人中9人からは嫌われても1人くらいはセックスしてもらえるんですよ！　そのことに気がついたときは「すごい発見だ！」と思いましたね。だから私は「勘違いブスでもいいや」と思って、ドエロい格好をして街を練り歩くようになったんです。すごい田舎の雪国だったんですけど、私はホットパンツに乳の谷間丸出しにして、寒さで脚が真っ赤になって……。

雨宮　すごい映画的なシーンだね（笑）。泣ける……。「セックスしてください！」って言うマッチ売りの少女みたい。

峰　当時は町じゅうの人に頭おかしいって言われてましたね。でも、セックスはできました。

雨宮　セックスさえできれば、勘違いの恥ずかしさなんて大したことじゃないですもんね。「○○って思われたらどうしよう」という恐怖を一度乗り越えると、けっこういけますよね。勘違いブスだと思われる恥ずかしさとセックスのどっちを取るかって考えて、「セックスの方が大事！」って思えれば、思い切れる部分がある。

こじらせ女子ヒエラルキーの図

雨宮　私、今回「こじらせ女子ヒエラルキーの図」を作ってきたんですよ。

峰　雨宮さんの手描きで（笑）。超かわいいです。

雨宮　すみません、パワーポイントが使えなくて……。しかもスキャナーがないので、手で書いたものを写真に撮ってきました（笑）。

一番下の層がいわゆる非モテ、喪女《もじょ》と言われる人達で、セックスできなくて恋愛も困難。しかし結婚に関しては、後がないと思っているぶん真剣に臨むし、男性から見たら慎ましくて真面目な、結婚相手としては良い女性だと思われるので、意外と強い。

その上がセフレ的存在です。要するにセックスの対象として見られる存在ですね。この層はセックスできる。セックス目当てで口説かれるし、恋愛もできなくはないので、周りから見るとそこそこモテてるように見えるし、自分自身でもモテてると勘違いして、夢や希望を捨てられず、婚期が遅れていく。非モテ・喪女から、このセフレ的存在には成り上がれるんですよね。

峰　ブスでも顔をぐちゃぐちゃ塗っておけばいけるんですよ。

雨宮　ひどいなあ（笑）。

峰　勘違いブスの濃いメイクは、綺麗になりたいんじゃなくて、顔を隠したいだけなんですよね。モザイクをかけるような感覚でつけまつげをいっぱいつけて、本来の顔の作りをわからないようにしてるんです。

雨宮　そうですね。たぶん誰でも、セフレ的存在へは成り上がれるんです。でも、成り上がったところで、セックスできてるだけでモテてるって勘違いしちゃって婚期が遠のく場合もある。真剣な恋愛や結婚をしたいとか、愛し愛されて生きるという面では、逆に非モテ・喪女の方が地道なぶん強かったりもするんですよ。便宜上成り上がりっていう言葉を使ってるけど、むしろセフレ的存在になったことで不幸が増すパターンもあり得ます。セックスできてる方が格上ってことはない。

峰　非モテの人は、付き合ったら「この人しかいない」と思うからパッと結婚したりするんですけど、セフレ的存在は「まだいるかも」って考える。

雨宮　「セックスしてもらえるだけでありがたい」って気持ちがあるから、断れずわ

こじらせ女子ヒエラルキーの図

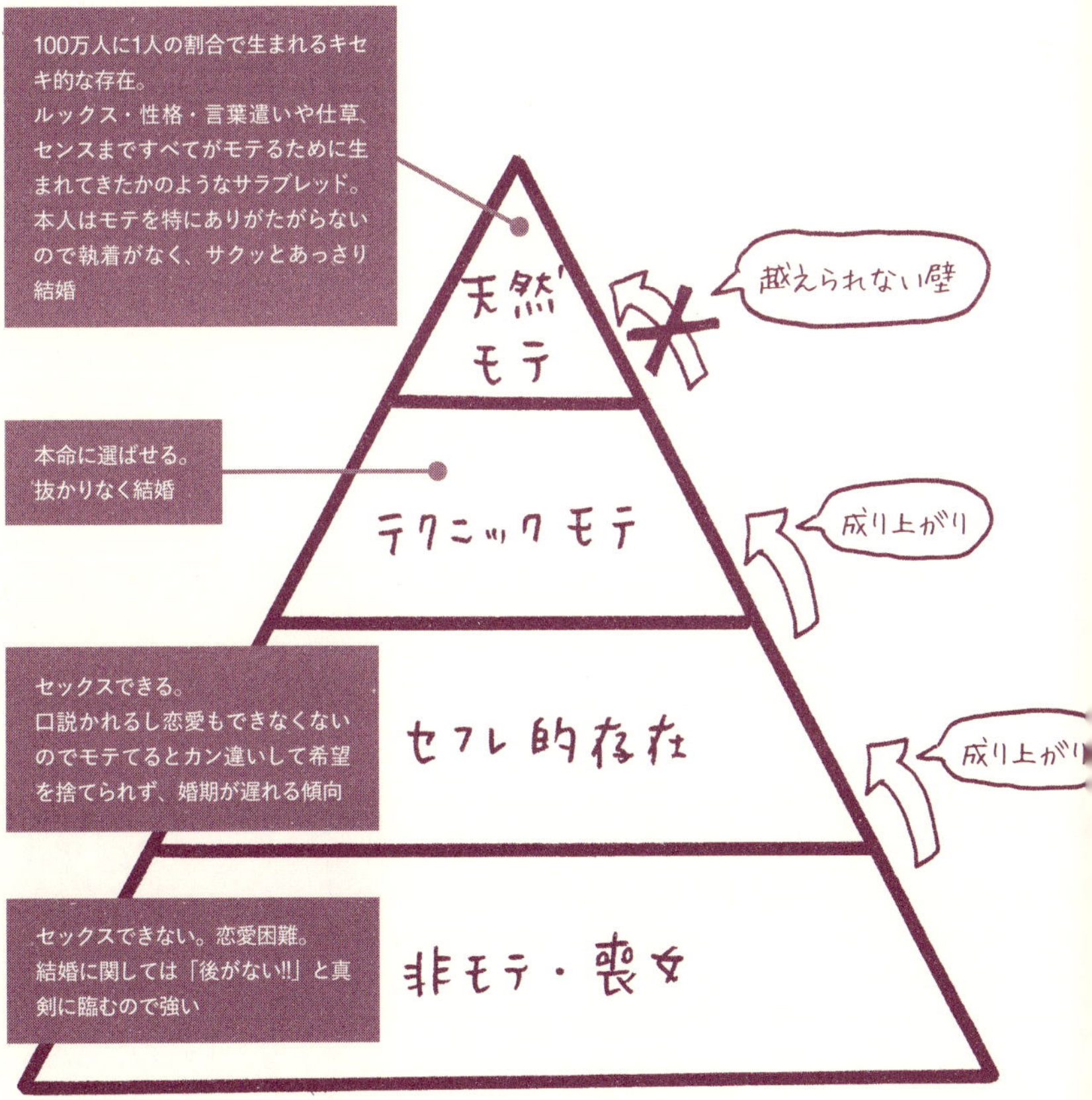
100万人に1人の割合で生まれるキセキ的な存在。
ルックス・性格・言葉遣いや仕草、センスまですべてがモテるために生まれてきたかのようなサラブレッド。
本人はモテを特にありがたがらないので執着がなく、サクッとあっさり結婚
天然モテ
越えられない壁
本命に選ばせる。
抜かりなく結婚
テクニックモテ
成り上がり
セックスできる。
口説かれるし恋愛もできなくないのでモテてるとカン違いして希望を捨てられず、婚期が遅れる傾向
セフレ的存在
成り上がり
セックスできない。恋愛困難。
結婚に関しては「後がない!!」と真剣に臨むので強い
非モテ・喪女

※イベント時に使用した図を書籍化にあたって若干キレイに修正しました

りと関係の初期でセックスしちゃって、相手からは「すぐやらせる軽い女」「こいつはセフレだから本命とか嫁には選ばない」って若干格下に見られてたりして、なかなか難しいんですよね。

セフレ的存在の上からはモテ枠で、「テクニックモテ」です。なゆかちゃんの本『アラサーちゃん』に出てくる例で言うと、ゆるふわちゃんとアラサーちゃんはどっちもテクニックモテに入るかな？

峰　両方、テクニックモテですね。

雨宮　テクニックモテはセフレ的存在から成り上がる場合もあるし、成長の過程で自然にテクニックを獲得してそうなった人もいます。共通しているのは、自分の本質を熟知していて、モテというのは向こうから勝手にやってくるものではないことをよく知っているから、自覚的に自分を演出してモテているところ。こういう人はちゃんと考えてやっているので、本命に自分を選ばせるようにうまく事を運んでいきます。もちろん失敗もあるし、ゆるふわちゃんの悲哀もそこにあると思うんですけど、たいてい抜かりなく本命になるルートを選ぼうとしていて、実際うまくいくことが多いですよね。

そして、このピラミッドの頂点に達しているのが「天然モテ」です。テクニックモテから天然モテへの間には越えられない壁が存在しています。成り上がりはあり得ません。天然モテは100万人に1人の割合で生まれる奇跡的な存在なんです。

峰　100万人に1人なんですか！

雨宮　……もうちょっといるかなぁ？　ルックス、性格、言葉遣いや仕草、センスまで、すべてがモテるために生まれてきたかのようなサラブレッド。本人はモテようと思ってモテてるわけじゃないので、特にモテをありがたがってはいないんですよね。モテることに執着がないので、自分が好きだと思う相手がいればわりとサクっと結婚しちゃったりするのが特徴です。いますよね、天然でモテてる人。

峰　います、います。だいたい環境に恵まれてるんよね。育ちがよかったりして「なんで小学生なのに仕草がそんなに優雅なんだい？」みたいな。そういう子って、モテなさそうな濃いメイクや露出の多い服を「はしたない」と思ってますよね。「これやっちゃうとモテない」とかじゃなくって。

雨宮　気品があるっていうか……私達がしてるような話は絶対しないと思う（笑）。でも、同性から見ても全然嫌な人じゃない。あまりにもモテすぎてて、「あいつわざとやってんじゃねえの？」みたいな陰口を叩かれることはあるけど、本人はまったく意識してないんですよね。

峰　女の子にも優しいし「君ほんと素晴らしいね！」って感じですよ。もうホメるしかないんですよ、そういう人って。

雨宮　土台が違いすぎて、嫉妬の感情すら抱きようがないです。

セックス＝リア充ではない

峰　私、女子アナが大嫌いで、女子アナに対して黒い感情を持ってるんですよ。小動物系というか、全体的に小さい感じ……「お前手ちっちぇーな」とか言われる感じがあるじゃないですか。そういうのには自分はどう頑張っても絶対なれないから腹が立つんです。でも、天然モテの人にはそういう黒い感情は一切抱かないんですよね。

雨宮　天性の才能だからしょうがないっていうことですかね。才能の前に人はひれ伏しますからね。テクニックモテも、感服するレベルでうまいと「お見事！」と思えるけど、女子アナって職業がそもそも姑息ですよね。芸能人っていう華やかな職業なのに、会社員だから堅実で清楚なイメージもあって、一挙両得のずるいポジション。

峰　それなのにバナナばっかり食べてね。ほんと最低ですよあいつら！

雨宮　寿司とか食べますよね。いやらしい食べ物を。

峰　バナナNGの女子アナか、開き直ってバナナを食べるDVDに出る女子アナなら応援するんですけど「それが何かを男性にイメージさせてるなんて考えたこともありません！　私はただバナナを食べてま～す」みたいな感じでバナナ食べられると、つねりたくなってくるんです。

雨宮　テクニックモテのテクニックが透けて見えすぎてイヤだってことですかね。私は、ヒエラルキーの一番下の非モテ・喪女からスタートしたときには、自分の1ランク上のセフレ的存在がこの世の中の頂点に見えてたんですよ。

峰　あはは（笑）。

雨宮　人は自分のひとつ上の段階しか見えない生き物なんですよね。人が妬むのって、絶対に自分より「ちょっとだけ上」の人。自分とかけ離れて恵まれてたり、成功してたりする人のことは妬まない仕組みになってるんです。

私はまず天然モテには生まれついてないし、テクニックモテですら自分とは人種が違いすぎるから、その二つは視界に入ってこなかった。テクニックモテと天然モテの区別すらついてなかったと思う。でも、セフレ的存在だけは視界に入ってたから、セフレ的存在の頂点に立ってるAV女優っていう存在は、私の中で理想の頂点だったんですよ。

今日はその当時イメージしていた「私が思うリア充」の映像を持ってきたので、ちょっと観てください。

（RIP SLYME『熱帯夜』のPVが流れる。テカテカビキニを着た女達が踊りながらRIP SLYMEのメンバーと戯れる映像）

雨宮　これがリア充の映像です。

峰　あはは（笑）。雨宮さんは、あれになりたかったんですか？

雨宮　なりたかったです。このPV、冷静に見れるようになったのはごく最近で、ヒットしていたころは、もう憧れすぎて涙なしでは見れなかったです。ものすごい美形ではなくても、自信がある女や男って、すごく魅力的でうらやましいんですよね。自信や余裕があると、リア充オーラで魅力的に見える。そういう人って絶対にモテる。憧れの世界です。

峰　私も今すごく憧れました。

雨宮　でも憧れちゃだめなんですよ。絶対このあと乱交パーティとかやったに決まってますけど、この人達が結婚するのは結局モデルとか女優なんですよ！

峰　あはは（笑）。

雨宮　こんなやらしいことしながら、結婚するときは手堅く、なんなら女子アナも視野に入れてるわけですよ。だからだまされちゃだめ。すごい好きな世界なんですけど「セックスできる」っていうところが頂点だと思っていると婚期を逃すという怖さが、私の中でありますね。

峰　衝撃映像でした。

雨宮　ほんと？　持ってきてよかった（笑）。私は、これを史上最大のリア充の姿だと思い込んでしまったばっかりに、セフレ的存在から抜け出せない層に入ってしまったんです。セックスできればリア充だと思うこと自体が童貞の発想だって、最近になって気づいた。「セックスが好きだから、セックスさえできればいい」っていう考え方もアリですけど、そう思えるほどセックスできてるわけでもなければ、それだけで満足もできない。かと言ってセックスから先に進めるわけでもなくて……。だから真剣に結婚とか考えてる人にはここのところ、道を間違えてほしくない！

峰　私も、処女だったころは1回でもセックスできれば完全に勝ち組だと思ってました。

雨宮　処女喪失した後とか、勝利感に溢れて「わっしょーい！」という感じでしたよね。野球で優勝した後のビールかけぐらいのテンションで。勝ち組になれたと思ったんだよね。

峰　そうなんですよ。私は初体験は適当なヤンキーの男と一発やったんですけど、私に対して性的興奮を得て勃起してくれる男性が、世界にひとりだけだったとしてもとにかく存在したんだという事実だけで、「私、これで死ぬまで一生勝ち組側に入った！」と思いましたよ。

雨宮　死ぬまで!?　じゃあ、その後は勝ち組人生を歩んでるということになりますね。

峰　当時の私の価値観でいえば勝ち組なんですけど、当時の私の価値観って完全におかしいですからね。

雨宮　……なんかだんだんお通夜みたいな雰囲気になってきましたね。

自分の好みと「釣り堀」を見極めろ！

雨宮　さっき見たリア充の映像は、確かに今見てもうらやましいとは思うんですけど、ここが頂点ではないんですよね。セックスの上には「好きな男子にモテる」というステージがある。セックスができるようになると、ようやくその上の段階の「恋愛がうまくいってる人達」の存在が目に入るようになるんですよ。

そうすると、好きな男子にモテるにはどうすればいいのかを考え始めますよね。先日聞いたら、なゆかちゃんの髪型は蒼井優の真似をしているそうですが（笑）。

峰　私は基本的に「蒼井優が好き」って言うような男が好きなんですよ。

雨宮　蒼井優が好きなわけじゃなくて、蒼井優を好きな男が好きなんだ。

峰　蒼井優は超嫌いなんですよ。蒼井優が好きだって言うような男の人は、たいてい私みたいな似非《えせ》セレブ痴女みたいなタイプは嫌いなんですね。だから、せめて髪型だけでも努力しようと思って、真ん中分け黒髪ロングにしてるんです。この話をするとみんな笑うけど、私けっこう真剣にやってるんですよ！

雨宮　今日は蒼井優の画像も用意してきました。蒼井優の髪型はこちらです！

峰　画像まで用意して完全に私のことバカにしてますよね！

雨宮　いや、ごめん。髪型は同じでもこんなに違うものかと思って（笑）。

峰　雨宮さんは「清原（和博）みたいな男が好き」ってよく言ってますけど、清原みたいな男にモテるために頑張っていることはあるんですか？

雨宮　清原みたいな男は自分の近辺で見かけたことないけど、一時期ギャル好きの日サロ系男子に好かれようと思って、必死にギャル服を買い漁ってたよ。でも、ギャル系の服ってすっごい細いんですよ。渋谷109の真ん中で「私の骨盤はどうしてこんなに太いんだろう」って号泣しそうになって、実際軽く泣いたんだけど、まぁ本当に似合わなかったね！

峰　109のフリーサイズって超小さいですよね。フリーって言っても、自由って、狭いな……みたいな（笑）。

雨宮　肉じゃなくて骨が入らないんですよね。やせてるとか太ってるとかじゃなく、世代による骨格の違いっていう乗り越えられない壁があって。最近、その当時作った免許証が出てきたんですけど、すごい茶髪で叫びそうになるほど似合ってなかった。そのころはそういう努力をしてましたね。

なゆかちゃんは、効果のほどはどうなんですか？　男子から「なゆかちゃんって蒼井優に似てるね」みたいなこと言われたりとか……？

峰　言われるわけがないじゃないですか！　それ超いじわるな質問ですよ！

雨宮　『アラサーちゃん』で、アラサーちゃんがゆるふわちゃんの服を着るっていう話で、文系くんだけは「あ、今日の服かわいいね」と言ってたから、もしかして言われたことあるのかなと思ってたんですよ。

峰　まあ、ないですね。でも、私は文系男子には嫌われますけど、バブル期に活躍していたおっさん達にはモテるんです。

雨宮　肩からセーターかけてたような人達に？

峰　そうです。自分がバブル側であるという自覚はあるんですけど、私はそういうおっさんは全然好きじゃない。

雨宮　なゆかちゃんは村上春樹みたいな人が好きなんだもんね。私はどんな人にでも「その人がモテるジャンル」があると思っていて、それを「釣り堀」と呼んでるんですけど、なゆかちゃんの釣り堀はバブル期のプロデューサーなんですね。

峰 雨宮さんの釣り堀はどこですか?

雨宮 私の釣り堀は……。

峰 なんでそこ照れるんですか。

雨宮 えっとね、内向的で思い込みが激しいっていうか……。

峰 あ、わかった。この中にいるから言いづらいんだ。

雨宮 いやいや(笑)。

峰 だって、今日のイベントに来てる男子はなんで来てるんですか? 雨宮さんが好きだからじゃないんですか?

雨宮 あはは(笑)。

峰 (会場を指さして)あれとか?

雨宮 指ささない! (笑)。でも、必ずしも自分の釣り堀の人と、自分の好みのタイプは一致しないじゃないですか。

峰 だいたいみんな違いますよね。私も自分の釣り堀の人は嫌なんです。

雨宮 観察してると、天然でモテてる人は意外とそこを嫌がってない印象があるんですよね。こじらせていて、そこから卒業してテクニックモテに行こうと頑張っている人ほど、自分の釣り堀の人のことを嫌がる傾向がある。

峰　なんかグサッときた！　私いま、すごいショック受けてます！

雨宮　「今の自分じゃダメだ、もっと高みを目指さなきゃ」って思ってるから、今の自分を好きだと言ってくる釣り堀の人がヌルく感じるんじゃないですかね。

あと、こじらせてる人って自分と同類のにおいがする人を嫌うんですよ。特に、昔はこじらせてたけど今は卒業したという意識でいる人は、こじらせてる人のことを忌み嫌います。自分がやっとの思いで這い上がってきた泥沼からゾンビが手を伸ばしてきたみたいに感じて「来るな、来るな」と振り払いたくなるんですよ。ちょっとでも気を抜くとまたダークサイドに落ちてしまうという恐怖からくる同族嫌悪だと思います。

峰　そういうことだったのか……。

貧乳と巨乳の狭間で

雨宮　なゆかちゃんは、自分の好みの文系男子とお付き合いしたことはあるの？

峰　ありますよ。

雨宮　どういうアプローチをしたんですか？

峰　最初はものすごい嫌われるんですよね。まず、AV女優だと言うと、文系男子にはものすごく引かれますよね。そして「へー、いいと思うよ」とか、心ないことを言われたり。

雨宮　他人事みたいなコメントを。でも、そこからよく付き合えましたね。どうやって乗り越えたの？

峰　AV女優っていう時点で「俺の人生には関わりのない人」だと思われるんですよね。だから最初に「私は、君が読むような本も読む人間なんですよ」とアピールしていくところから始めるんです。春樹好きですよ、怖くないよって。

雨宮　ナウシカ的な（笑）。根気よく「AV女優という肩書きにだまされないで、ほんとの私を見て！　内面は文系女子なの」とアピールしていくとうまくいった？

峰　AV女優のイメージはすごく強いので、時間はかかりますけどね。

雨宮　文系の男子には、おっぱいは効かないんですか？

峰　ああいう人は「貧乳の方が好き」と言うのが知的だと思ってるんですよ！

雨宮　なゆかちゃんは、たまに貧乳好きや貧乳のことをすごいディスるよね。

峰　いいかげん貧乳にガタガタ言われるのに腹が立ってきて。

雨宮　貧乳に巨乳ディスをされてるってこと？

峰　貧乳がコンプレックスだというのは個人の勝手だから別にいいんですけど、コンプレックスついでに巨乳をディスるのは、ちょっと面の皮が厚すぎるんじゃないかと思うんですよ。貧乳だって巨乳だって、それなりにコンプレックスがあるわけじゃないですか。でも、巨乳がちょっとでもそういうこと言うと、貧乳は「出た！　巨乳自慢出た！」みたいな……。

雨宮　「恵まれてるくせに！」みたいな？

峰　そうです。でも、世間的にいいと思われているのと、実際それでモテが得られるかは全然違うじゃないですか。

雨宮　自分の好きなタイプの男性のニーズに合致しなくて悩んでいる身としては、腹が立ちますよね。

峰　そうなんですよ。前は我慢してたんですけど、最近は「いいかげんにお前ら黙れよ」と。

雨宮　私は基本的に巨乳の人がうらやましいと思っていて、巨乳をディスる気持ちは全然なくて素直に憧れてるんですけど、一度だけ「これだけは許せん！」という場面に遭遇したことがあるんですよ。

巨乳の女優さんのAVの撮影現場で、お昼ご飯に鶏の唐揚げの大皿が出たんですね。そのころ「鶏肉を食べると胸が大きくなる」っていう俗説があって、誰かがそれを言ったら、その巨乳の子が、「えー、私、これ以上大きくなったら困るー」とか言って、鶏肉に伸ばした箸を止めたの。そのとき「こいつ、殺してやろうか！」と……。

峰　そうやって巨乳の評判を下げる巨乳がいると本当に腹が立つんですよ！　ほんとに最低です！

雨宮　私も貧乳の品位を下げるような貧乳に対しては「君達やめなさい」と言いたいですね。心まで貧しくなってはいけない、と。

峰　男の人って「巨乳とかあんまり好きじゃないんだよね」みたいなことをよく言いますよね。

雨宮　そういう男むかつきますね〜。巨乳の女の子だって、別に好きで巨乳に生まれたわけじゃないのに、どういう気持ちでその発言聞いてるか考えろって思う。あと、貧乳が好きって言うことで「女に優しい俺」「理解のある俺」をアピールしたがってるのが見える人っていない？

峰　いる！　「大きさは関係ないよ」くらいなら「つまんねーこと言ってるな」ぐらいにしか思わないのに、貧乳好きアピールのついでに巨乳バッシングをされると本当に腹が立ちますよ！

モテたくて……土台から間違った!?

雨宮　そういう話を聞いてると、無難な人がモテるような気がしてきた。あまり自分の好みをハッキリ主張しない方が「いい人」という印象を持たれますよね。「胸の大きさなんて関係ないよ」っていう意見は別に何の面白みもないけど、巨乳と貧乳について語りまくってる男の人よりも感じ良くない？

峰　確かに。

雨宮　私達も、モテるにはもうちょっと黙った方がいいんじゃない？（笑）　すなゆかちゃんは、『アラサーちゃん』を出した後、周りの反応はどうですか？

ごいモテたとか、男が引き潮のように引いていったとかありますか？

峰　私、『アラサーちゃん』はモテたくて描いたんですよ。

雨宮　それ間違ってるよ！

峰　え〜わかんないい！　別に蒼井優の髪型も間違ってないし、モテようと思って『アラサーちゃん』描いたのも、間違ってないですよ！

雨宮　（笑）なゆかちゃんの人生的には絶対に描いた方がよかったとは思うけど。

峰　アラサー女性の魅力を描いて、もうちょっと男の人の萌えポイントを広げてほしいと思ったんですよ。『アラサーちゃん』って、主人公のキャラがまずかわいいじゃないですか。だから「峰さんもこんなかわいいこと考えてるんだ」ってなれば、私にも萌えてもらえるだろうと。

雨宮　なんか、それちょっと……（笑）。

峰　なに、その笑いかた！

雨宮　こんなに世の中のいろんなことが見えてるのに、自分自身のことに関しては、不器用なんだね……。なゆかちゃんのそういうところ、好きですよ。アラサーちゃんは見た目もかわいいし、素敵な女性だし、頭もいいと思いますけど、あれを読んだ男性は「俺もこんなに厳しい目で見られてるのか！」と若干ビビるんじゃないですかね。

峰　これまでも「モテるために描きました」と言うと「逆効果じゃん？」と首をかしげられることが多かったんですけど、今の説明を聞いて「へー」と思いました。

雨宮　度量の広い男ならそういうことは気にしないので、泰然と構えていて大丈夫だと思いますよ。

峰　でも、文系男子は度量が超狭いから……。

雨宮　ヤバいですね。文系男子の群れの中から「アラサーちゃんこわい」と思ってる男子をふるいにかけると、ゴソッとかさが減りそう。でもあんなに文系くんを良く描いてるから、自分を文系くんだと信じてる男の子は喜んでるかもしれないよ。

峰　雨宮さんも『女子をこじらせて』を出して、モテなくなることをすごい気にしてますけど、モテなくなるかな？　今までもブログでいろいろ書いてきたじゃないですか。

雨宮　ブログなんて人はいちいち細かく読んでないですよ。書いた本人だって何書いたか忘れてるんだから。インターネットの河の流れは絶えずして、しかももとの水にあらずみたいな感じで、河のようにログが流れていくものですからね。本になると、まとまって読めちゃうので不安なんです。これを出したことによって、人生に悪影響が出るのを懸念しています。

峰　実際どうですか？　何か変化はありました？

雨宮　「これを読まれたらモテなくなる」という危機感を持ちすぎて、最近はモテる人に恥をしのんで「どうやったらそんなにモテるの？」という聞き取り調査をしてるんですけど、まず言われたのは「よくAVライターなんていうモテない職業を選んだね」っていうこと。モテる人は意識が高いから、職種を選ぶときもモテる職業を選ぶ。私もちょっとでもモテていたら、失うものを気にして別の職業を選んでいたと思うんですけど、まったくモテていなかったのでなにも気にせずAVライターになってしまい、こんな本も出してしまい……。モテてないから失うものはないと思ってたんですけど、確実に未来を失いましたね。

峰　そういうことは、本を出す前に考えなかったんですか？

雨宮　まったく考えてなかった。いまのところ、特に男性からはなにも言われてないですね。いちばん多い男性からの感想は「俺、男だからこういうのわかんない」「俺は読めないけど、嫁が面白いって言ってた」（笑）。男の人はあまり読まないって考えると案外大丈夫かもしれないけど、プロフィールとかに「著書『女子をこじらせて』」って、もう「こじらせてます！」って自己紹介してるのと同じじゃないですか。

やっとセックスできても幸せにはまだ遠い「こじらせ層」の苦しみ

雨宮　『アラサーちゃん』の中で「男からモテたいんじゃなくて、女からモテる人認定されたいだけ」という言葉が出てましたけど、あれって実際そう思ってるんですか？　男からはモテなくてもいいの？

峰　一切モテなかったら困るんですけど、ちゃんと恋愛相談の話とかをハブらずにしてもらえるポジションにつきたいんです。

雨宮　なんだー。私でよかったらするよ、相談！

峰　はい（笑）。雨宮さんは、女の人からは「こいつダサイしモテない」と思われてるけど、意外と男にはモテているという存在でもいいんですか？

雨宮　まったくモテないよりはいいけど、確かに女に見下されるのってつらいんだよね。

峰　そうなんですよ。

雨宮　私、大人になってからは女の友人には恵まれていて、なゆかちゃんもそうなんですけど、優しくされた記憶しかないんです。今は見下す目線をあからさまに感じたりすることはほとんどないから、たまにあると学生時代の悪夢が蘇ってゾッとするのね。

峰　うん。同窓会とか怖くて行けないですもん。

雨宮　私も行ったことないし、この本を出したことによって絶対に行けない感じになった（笑）。でも、こじらせてる女子は、男子の目から見てどう映るかはわからないけど、同性から見るとすごくかわいい人が多いんですよね。

こじらせてる女子は、私はけっこういいと思ってるんです。少なくとも、自分はこじらせてるという自覚があるし、それをなんとかしたいと思ってる。まともにこじらせてる人は、だいたい世間的にはちゃんとしてるんです。働いてるし、見た目にも気を配ってるし。じゃあ何が原因でこじらせてるのかというと、すごい内省的なんですよね。自分に対して厳しい。「私はここがダメだから」とか「私なんかこんなんじゃダメ」とか、謙虚が度を超した状態の人が多いと思うんです。度を超して卑屈になりすぎなければ「私なんか」というのは控えめだと言えるし、単なるいい人じゃないですか。

峰　うんうん。今日来てるみなさんも、みんなおしゃれしてかわいくしてるし、ズブズブの非モテだったんですと言っても、なかなか信じてもらえないと思うんですよ。

雨宮　ズブズブの非モテ（笑）。おそろしい言葉だね！

峰　世間的に非モテかモテかで分けると、さっきの図で言うところのセフレ的存在のところにいる女は、非モテの人達からは「全然非モテじゃないじゃん、セックスもできてるんだし」って言われるけれど、モテの仲間に入れるかというと、いまいち入っていけてないわけですよ。

雨宮　中間層の板挟みの苦しみですよね。上からは「本命になれなくてかわいそう」と見下し目線で見られ、下からは「非モテの気持ちわかるみたいなこと言ってるけど、全然非モテじゃないじゃん」「ヤレてんじゃん」と。

峰　「もともと恵まれてたんだろ」みたいなね。

雨宮　恵まれてねえよ、努力でここまで来たんだよっていうのを、10年前のパスポートの写真とか見せて言いたいですけど、言ったらまたモテが遠ざかるというジレンマがありますよね。

峰　非モテとは違うけど、モテ側にもなれないポジションの女子同士が、その気持ちを語り合える場って今までなかったと思うんですよ。雨宮さんが「こじらせ女子」っていう言葉でそのポジションを作ってくれたことが、私はほんとに嬉しいんです。

雨宮　女子同士のこじらせトークは連帯感を生みますよね。男の人にこじらせてる部分をカミングアウトすると引かれると思うけど……。

峰　男の人に言っちゃダメですよ！　例えば「私すっぴんひどいんだよね」と言う女の人って、化粧してどれだけかわいくなるか、頑張っているところを認めてほしいと思って言ってるんだろうけど、言われる男の人は、ほんと萎えますよ。「私、こじらせ女子なんです」って男の人に言うのもそれと同じ。努力を認めてほしいんですけど、方法が違う！

雨宮　こじらせている私を受け入れてほしいという気持ちがどこかにあるから言っちゃうんだよね。でも、いきなり内面のドス黒い部分まで「私のこと好きなら喰ってみろ！」とさらけ出されても、男の人は受け入れられないですよ。焼肉でも、最初はタン塩とかから始めて、カルビ食べて、あとの方でホルモンとかにいくじゃないですか。いきなり「こじらせてるんです！」って臭みも抜いてない生のホルモン出されてもねぇ……。ツイッターとかで裏アカウントを作って鍵かけて、女子しかフォローしてないところで言えばいいんじゃないですかね。

峰 そうですよ。女子同士で、「どうしてもイケメンがこわいと思ってしまう」とか、そういうことを話し合えばいいんですよ。

雨宮 そのツイッター、すごいフォローしたい（笑）。

峰 私は非モテからセフレポジションに上がって、そこからさらに上を目指したいかというとそうでもないんです。頑張ってセフレの頂点であるAV女優にもなりましたけど、やっぱり向いてないのもすごくよくわかった。「私が本来いる場所は最下層の非モテ層なんだ」っていうのが身に染み付いちゃってるし、どうしようもないんです。でも、私はわりとポジティブにそういう自分を受け入れていこうと思ってます。

雨宮 こじらせとともに生きていくしかないですからね。心にできた腫瘍みたいなものので、それがあることを嘆いてもしょうがないから、うまくつきあっていければなと私も思ってますよ。「こじらせてない人に生まれたらよかったなあ」とは思いますけど、こじらせと格闘してきた人生に愛着もあるし。

自分がそうだからというのもありますけど、私はこじらせと格闘してる女子には肯定的な気持ちを持ってるし、幸せになってほしいと思ってます。この本（『女子をこじらせて』）を踏み台にして「こいつと同じ失敗はすまい」と思ってステップアップして、コンプレックスを克服し、劣等感をバネに社会でのし上がり、文系男子を篭絡《ろうらく》し、体育会系男子を手玉にとって、幸せなゴールへと突き進んでほしいと思ってるんです。

というわけで、こんな週末の夜に新宿くんだりまで来ていただいて、本当にありがとうございます。絶対に幸せになってください。

峰　私も幸せになります！

［☞ 2011年12月2日／イベント「こじらせ女子総決起集会!!」／ジュンク堂書店新宿店にて収録］

×湯山玲子

「女」を乗りこなせ!

PROFILE

ゆ　や　ま　れ　い　こ

1960年東京都生まれ。著述家。出版、広告の分野でディレクター、プランナー、プロデューサーとして活動。同時に評論、エッセイストとしても著作活動を行っており、特に女性誌等のメディアにおいては、コメンテーターとしての登場や連載多数。現場主義をモットーに、クラブカルチャー、映画、音楽、食、ファッション等、文化全般を広くそしてディープに横断する独特の視点には、ファンが多い。

クラシックを爆音で聴く「爆クラ」等のイベント、自らが寿司を握る美人寿司等の活動も続行中。著作に『女ひとり寿司』(幻冬舎文庫)、『クラブカルチャー!』(毎日新聞出版局)、『女装する女』(新潮新書)、『四十路越え!』(ワニブックス)、『ビッチの触り方』(飛鳥新社)等。メールマガジンも刊行(http://magazine.livedoor.com/magazine/37)。㈲ホウ71取締役。日本大学藝術学部文藝学科非常勤講師。

伊勢丹で服を買う小学生が経験した「スクールカースト」内での挫折

雨宮　私の本『女子をこじらせて』は、女としての自意識をこじらせにこじらせた結果、最後は一応「頑張るぞ」みたいな感じで終わらせてはいるものの、じゃあこれから具体的にどうすれば幸せになれるのか、という答えまでは示せなかったんです。そんなときに湯山さんの『四十路越え！』を読んで、明快に道も示してあるし、具体的にどうすればいいのかやり方が書いてあるので「これだ！」と感じたんです。

でも、その一方で、素敵な例として湯山さんがバーンと来ちゃうと「いや〜、でも湯山さんみたいにはなかなかなれないよね。湯山さんって頭もいいし、社交力も抜群にあるし、私が真似できるような人じゃないんじゃないかなぁ」ってひるんじゃう部分もあるんです。湯山さんという存在がスペシャルすぎて、凡人には敷居が高いんですね。今日はその間にうまく階段ができればいいなと思って、湯山さんとお話がしたいなと。

湯山　私もね、『女子をこじらせて』を読ませていただいて意外だったのが、以前『サイゾーウーマン』というサイトで雨宮さんが私をインタビューしてくれたときにはけっこう舌鋒鋭く質問してくれたのに、本に書かれてる雨宮さんの心情は、現実に唾を吐き、ディスる、という「怒れる少女」の部分があまりなかったこと。生まれたてのヒヨコがトテトテ世の中に出てきて、社会の厳しさにブチ当たってガーン！みたいな内容だったから、けっこう驚いたんですよ。もっとしたたかだと思ってたら、全然そうじゃなくて。

雨宮　ピヨピヨピヨ……みたいな感じですよ（笑）。

湯山　「こんなことで女子こじらせててどうすんの！」っていう感じがして、それはそれですごく面白かったんですけども。で、本の感想から入ると、私も雨宮さんにいろいろ質問があるんだけどさ、雨宮さん今すごいキレイじゃない？

雨宮　ありがとうございます。

湯山　すごくモテなくて、女としての自分に自信がないっていうふうに分析してるけど「本当なの？」ってみんな思ったんじゃないですかね。こんなにキレイなのになぜに、女子がこじれるのか、と。まあ、そこが〝女〟の文化と関係性を自分のものにするためには、自然のままじゃダメ、というセオリーにも繋がるんだけどね。

雨宮　お見せしてもいいですけど、10年前の写真を見ると本当にひどいんですよ。松井みたいにブワッとニキビがあって。

湯山　ああ、そうかニキビってのは大きいかも。特に思春期はアンバランスな発達をするから、醜いアヒルの子率は低くない。中学の同級生で、異様に背がでかくて、フランケンシュタインチックだった男が、大学生になったらその日本人離れした容姿がファッションセンスと相まって、立派なサーファーになっていたこともあったしなー。

雨宮　肌はコンプレックスになりますね。そのコンプレックスを直視しないから、完全に客観性を失ってて自分が見えなかった。客観性がないと、ファッションも方向性が見えないんですよ。アフロみたいな細かいパーマをかけてみたり、化粧とかもさらに間違ってるから、完全に何がしたいのか見失ってジャンルがよくわからない人になってました（笑）。

自分に似合うような個性的なおしゃれをしてれば、肌のコンプレックスを雰囲気で覆い隠していい感じになれる道があったはずなのに、自分の中で「個性的なおしゃれもしたい、だけど女らしくもしたい」とか、いろんな欲がせめぎ合って方向性を決められないから、統一感がなくてバラバラ。ひどい格好してました。今より見た目が悪かったのも事実ですけど、それ以前にルックスのバランスが悪い、雰囲気ブスでしたねぇ。湯山さんにはそういう惑いの時期はあったんですか？

湯山　小学生のときって、行動力や性格でクラスの人気者になれるでしょ？　しかし、中学ぐらいから、そこに「女らしさ票」が入ってくるともう今までのようにはいかない。楽園追放ですよ。しかし、追放された僻地から、王権奪還のために、また攻め入ったわけだよ。そのときの武器は、手口としてのファッションですね。いわゆるいろんな意味でのモテ服。男に対してだけではなく、サブカル方面のドレスコードとかね。そういう、外見コミュニケーションを駆使したので、雨宮さんと真逆の雰囲気美人だったかもね。そもそも、服は大好きですね。私は東京の人間で、小学校が派手だった。私服は新宿の伊勢丹で買ってましたし、小学校6年のときにサロペットスカートを流行らせた、トレンドセッターでしたよ。

雨宮　伊勢丹で私服を買う小学生、すっごいイヤミですねぇ（笑）。

湯山　『女子をこじらせて』の中にスクールカーストの話が出てくるけど、これは女の人にとってはすごく大きい問題だよね。ご存知のように桐野夏生さんの、女性の必読書『グロテスク』（文藝春秋）も、慶應女子と思われる学校内のスクールカーストの話で、生まれより育ちより美が勝ってしまう世界が描かれてる。絶対に女の人って、そういうスクールカーストから逃げられない。ハリウッドのおバカ映画を見てても、スクールカーストの頂点はチアリーダーと……。

雨宮　プロムクイーン。

湯山　そうそう。アメリカの方がカーストの階級がハッキリしてて、ひどいよね。でも、そのカーストの中では私は、意外にもプロムクイーン側だったんですよ。それは体質としてその後もついて回っていて、ものすごいオタクな内向部分とメジャーな体育会部分の両立ができる、という。

雨宮　学校の社交界で、華やかな側だったんですね。

湯山　そっちにいたいという欲望が、当時は絶対でしたね。

私は女っていう文化ファクターは嫌いじゃないんだけど、全然、私という人間の本質ではないと思ってて。『女装する女』という本もそのことを書きたくて書いたんですけど、女というやっかいなものを性《さが》だとか、本質だと思わない方がいい。だからこそ、利用することもできるし、遊ぶこともできる。女というスーツ、ぐらいに思って着こなした方がいいかな。

雨宮　コスプレみたいなものだと。

湯山　女を使って遊ぶのは楽しいですからね。ちなみに私は、小学5年生のときの自分がすごく好きなんですよ。その後で女につまずいたという自覚がある。私は今年52歳になるんだけど、努力の末、やっと小5のベストな自分の状態が戻ってきたっていう実感がある。小学5年生は女を使って遊ぶことを覚える前の楽園だったのね。私が面白い遊びを考えたり、何かしようっていうアイデアを出したときに、男も女も「いっしょにやろうぜ」ってついてくる、その感覚が大好きだった。でもそれは中学で一気にこう、「女」ってことにやられちゃって、男も女もついてこなくなるし、もうそういう遊びの時期じゃない。みんな、女という病《やまい》にかかってしまう。女装意識もその特効薬ではあるんだけど、その病はけっこう長引くし、そのうちにその苦痛を楽しんでしまうようになるから、たちが悪い。

中学で登場する〝女の怪物〟のような存在

雨宮　中学に入るとカーストの基準に、一気に「男」「女」っていう視点が入ってきますよね。

湯山　そう。そこにザッツ〝女〟、という化け物が出てくるのよ。

雨宮　（笑）〝女のかたまり〟って感じの妖怪みたいな女が……。

湯山　その女が「クスッ」って笑うだけで、全員がそっちを向くような、そういう女が中学にはいるわけ。でも話してみてもさ、ちっとも面白くないのよ。そっちに人気が全部集まっちゃって。

雨宮　モテる女って喋んないですよね。別に面白い必要はない。

湯山　今で言う森ガールみたいな感じだったのよ。その森に負けちゃってさ。

雨宮　森に負けちゃって（笑）。

湯山　うん。実は中学時代って私の汚点時代で、ちょっと、内向した。まあ、そのぶん大量の小説や音楽に触れることができたんですけどね。外向的なパワーと意欲がちょっと低かった。そうすると、私ぐらいの容姿では、世間は振り向いてくれない。「これはやばい」って悶々として、まあ、寝込んだね（笑）。でも寝込んで1ヵ月後には、モテるためには戦略があり、これは実行した方が勝ちだな、ということに気がついた。

雨宮　すぐにそのやり方を取り入れられました？

湯山　本格的にそのサーキットに参入したのは、高校生からですかね。

本来はそのままの自分で輝いた方がいい。しかし、人がそれを認めてくれるかというと、認めてくれないときがあるじゃないですか。自分らしく活き活きと生きてるんだけど、「女」というファクターに頭を叩かれて認めてもらえない。そこでこじらせていっちゃうか、「このやろう」ってねじ伏せていくかですよね。私の本は、どちらかというとねじ伏せ側のことを書いてる。ねじ伏せて、小5のときの本来の自分の輝きを取り戻そう、っていう方向。

雨宮　どこかでねじ伏せる決意をしないと、どんどん叩きのめされていく気はしますね。少なくとも、美醜やモテや加齢の世界ではもう叩きのめされる未来以外はない。

湯山　案外スクールカーストの下にいた人の方が、うまくやれそうな気がする。いちばんヤバいのはそこそこかわいかったぐらいの女。性格も良くて、こじらせもしなければ、ねじ伏せの必要もなかったという女の優等生ね。昔はそこそこプロム側の人間だったのに、あるときにガクッと生きにくくなっていく。私はそういう人にエールを送るつもりで書いてるところもあるかな。

雨宮　私とか湯山さんは、小学校から中学校に上がるときに、バーンてやられたタイプですよね。挫折が早い。そこで叩かれずにトントントンって普通に登ってきて、上に来たあたりでバンってやられた人の方が、たぶんショックが大きいですよね。

湯山 大変ですよ。なんとなくうまくやってきて一流大学行って大手企業入って、顔と学歴だけで生きてきたみたいな女がいっぱいいるのよ。しかし、女だけでなくて、男も東大を頂点とするこの国のヒエラルキーモデルでは、その資格さえあれば御の字と思い込まされるでしょ。でも、現実はそんなに甘くないんだよね。特にもう、安泰ではない日本においては……。

雨宮 （笑）

湯山 仕事や男ゲットの場では、結局そういう女よりオモロい女の方が勝ってくのね。そのときになって初めてその子が「私はこんなにきれいで、下から慶應なのに、なんでうまくいかないのかしら」って、30歳前後になってやっとそんなこと考え始めるんだよ。

雨宮 今まで挫折を知らないぶん、キツいですよねぇ。

湯山 30、40歳になると、周りにはどんどん経験積んだオモロい女が出てくるわけ。その中で「なんで私が人気がないの？」って悩まれてもさ、「アナタはそんなに美人でもないし、つまらない」って言うしかないよね。それでも「だって私、東大だし、親は日航だし」みたいなことにしがみつく。表向きはそんなことおくびにも出さないけれど、何かあるとそれが武器だと思い込んでいる浅はかさというか。

雨宮　そういう人達は、男受けはどうなんですか？

湯山　まず今は、男の方がこのインターネット無料AV見放題時代に、女に対してそれほどガツガツしていないので、女のこの浅はかさといいとこ取りの計算高さを残酷に見破ってしまっているね。特にモテて実力のある男は、ものすごい美人かドセクシーか、そうでなかったら、「話の分かる、頭のいい女」のどちらかにしか興味を覚えない。「私をちやほやして」って態度を見せられると、男はだいたい引くよね。私はコレだけのいい女なんだから、って。

雨宮　もう女がちやほやされるのが当たり前な時代でもないですしね。

湯山　成功体験があるから余計に難しいんだよね。大学でサークル入ってたときや、新入社員の20代はお誘いも多いんだけど、それがだんだん少なくなっていく。

雨宮　帝国が終わっていく……。そりゃ転換難しいですよね。

湯山　今の日本みたいなもんよ（笑）。構造改革できないわけ。とっとと変えなきゃいけないのに。「私はこうだったのに」って昔の良かった時代に執着してしまう。

雨宮　「いいトシだし、ある程度妥協していくか」みたいな方向には行かないんですか？

湯山　彼女達の問題は、それでも恋愛においては、自分よりも上で自分を包んで、導いてくれる男性がいいというロマンチックラブ信奉者ということ。その高望みはかなわないし、普通がいいとわかっていながらも、その〝普通〟が現状の男性の普通じゃないし、六畳一間で夢を追ってる男性にイチから賭ける勇気もないし。

雨宮　彼女達から見て、周りにいる男達は全員「基準をクリアできてない」って感じなんでしょうね。普通のつもりで、実は基準が高い。

湯山　いい感じのふたりができあがっていたとしても、女の方が「やつはいいやつだけど、友達だから、男として見ることができない」って言って関係を進めない。だいたいそういう女は、50歳以上の私の周りの同僚が食ってる（笑）。ちょっとバブル知ってる余裕のある男にちょっかい出されて、そのままズルズル行っちゃって。

雨宮　付き合うのにハリのある相手はそのあたりの男なんでしょうね。でも向こうは既婚者っていう。どうにもならない……。

こじらせから自由になるには「教養」と「冒険」しかない

湯山　『女子をこじらせて』っていうタイトルはほんとにその通りで、女子って、乗りこなすのが難しいんですよね。女子に乗らないって方法もあるし、乗りこなすんだったらすごい楽しい方法もあるから乗ってみた方が面白いと思うんだけど。雨宮さん、本の中で、最後に急に考え方変えてるんだよね。女子でこのままやってくしかないって。そう開き直ったのはなんでですか。

雨宮　私は人の視線を人並み以上に気にする方だと思うんですけど、それは私だけじゃなくて、多くの女性が感じてることだと思うんですよ。自分がどう思っていようと、それにかかわらず「女なんだから」という視線を押しつけられることって、いろんな場面である。すごい楽しい生活を自分は送ってても、「結婚もしてないかわいそうな人」とか言われたり、そういう「女なのに」がずっとついて回る。気にしたくないのに、気になってそのことに振り回されてると「なんでこんなこと気にしなきゃいけないんだろう」ってふと思う瞬間があったんですよ。「もういいじゃん、気にしなくて」と、パッと他者の視線を振り払える瞬間があった。最後に書いたのは、そういう気持ちですね。でも、降り積もる雪のように、気がついたらまたちょっとずつちょっとずつ他者の視線が降り積もってきて、またがんじがらめになってる……みたいなことも多いです。湯山さんは、そういう感覚はないですか？

湯山 他人の視線を振り切ることの怖さは、振り切った途端にその視線が自分に対しての刃になって攻撃してくることだと思うのよ。しかし、ここにチャンスがあって、その刃を花束に変えることもできる。それが、人と違ったことをやっている人に対しての、賞賛や尊敬、好意だと思うのね。あと、他人からの視線という降り積もる雪をガーッと雪下ろしする、もしくは、ヒーターで雪を積もらせないようにするためには、とにかく「勉強しろ」ですね。私は教養主義者なんで、とにかく本を読めと。そもそも、なんでそういうことで悩むかっていうと、暇なんですよ。

雨宮 暇だから思い悩むんですね……。

湯山 暇は、良くないですよ。実際人間ってね、根本的にはまったくポジティブではない。普通にしてると、悪い方ばっかりに考える生き物ですからさ。

雨宮 本質的にネガティブなんですね。

湯山 生活習慣やライフスタイルって、いろんなものがあるけど、何を一番大事にしなきゃいけないかっていうと、ネガティブな方に転ぶ「ネガ転」にならないようにすること。だんだん体力も衰えてくると、体の調子からも「ネガ転」になってくるから。そうならないようにいかに自分が熱中できたり、わくわくすることを集めたり、身体を動かしたり、それを強化していくようなライフスタイルを構築するかの方が先決。

雨宮　自分にとって楽しいことをどんどん自分に与えて、ネガティブになるのを防ぐんですね。

湯山　私は自分の楽しいことを因数分解するとね、若い男と遊ぶのが好きなのよ。身もふたもないけれど。

雨宮　あはは（笑）。いいですね。

湯山　飲みに行ったり、何かを一緒にやったりするのがすごく好き。自分は何が楽しいのか、答えは自分の中にしかないんだから、それを自分で見つけなきゃダメ。ここが重要で、ここで「人並みな女の幸せ」という外部の尺度が入った瞬間に、せっかくの自分なりの回答は霧散する。

何がいいかわからなければ、とりあえず海外旅行に行けばいいですよ。海外にひとり行ってみると、思ったよりも自分が行動力があったり、人とコミュニケーションを交わすのが楽しかったりっていう発見があるから。

雨宮　日本から離れることで、日本での価値観を忘れて、何が楽しいかっていうことを純粋に考えやすい気もします。

湯山　何をしてもいいんだけど、一般化しないっていうことが大事かな。一般的には海外っていうと、TOEFLとか、ル・コルドンブルーで料理習うとかそういう方向に行きがちじゃない。それもいいかもしれないけど、それって、他人の目からの言い訳だったり、例の「東大行っとけば、もしくは資格取っとけばオッケー」の過ちを繰り返すことにしかならない。もっと厳密に、自分が幸せと思った瞬間、楽しいことを総ざらいして考えてみた方がいい。今みんなすぐマラソンとかやるけどさ、あんなの楽しいわけないじゃん。なんでやるの？

雨宮　東京マラソン、みんな出ますよね。

湯山　あんなもんやらない方がいいですよ。マゾが癖になる。

雨宮　マゾ呼ばわり（笑）。

湯山　もっとさ、かわいい男の子とデートしたり、ちょっと海外に行ったりとか、楽しいこと考えようよ。例えばデパートでメイクやってもらうとかかわいくなるじゃないですか。楽しいですよね。私もよくやるんだけど、その程度のことでもいい。あと、30代で何かやるとしたら、絶対に小さくても冒険をすることですね。

雨宮　冒険。

湯山　そう。ちょっと無理めなことをする。なぜなら、人間は無理めなことを達成したときに、すごい快感を感じるようにできてるんですよ。予測がいい方に外れた時に、ものすごく快感を感じるようになっている。

雨宮　ちょっと無理めの高い山に登った方がいいと。

湯山　そう。いつも高い山をちょっと視野に入れておく。まぁ、マラソンも高い山なんだけどさ（笑）。

雨宮　マラソンこだわりますねぇ。そんなにイヤですか（笑）。

湯山　マラソンもいいんだけどさ、もうちょっと世の中にはいろんな高い山があるよね、て思うんだよね。ファッションなんかもそう。私は髪の毛、サイドを刈ったりしちゃってるのよ。

雨宮　冒険ですね。

湯山　そう。「どうする？　この頭にして」っていう頭にしちゃうと、ヘアに合わせて、微妙にファッションの方向を修正するようになる。そういうちょっとしたトライ&エラーで、ちょっとした成果を得るみたいなことをやっていかないと、長い人生、死ぬまでの余生がもたないですよ。

自分が何をするか、その決定権を他人に預けるのもやめた方がいい。なぜ他人に決定権を預けたいかっていうと、やってみてつまんなかったときの自分の傷つき方がこわいから、保険をかけておきたいんだよね。

雨宮 やってみて損した、失敗したっていうのが怖いから、誰かのおすすめに頼るってことなんでしょうね。

湯山 夜遊びもいいですよ。たいていはクラブやパーティーでも、ボーッと立って壁の花やってるだけで終わるんだけど、5回に1回は当たりがある。その「5回に1回は当たりがある」っていうことを、自分の経験として叩き込んでいかないとダメ。でも、この「4回のハズレがある」っていうことが耐えられない人達が多いんだよね。どうしてそうなるのか考えてみたんだけど、それはやっぱり、テレビが悪いのよ。5回中5回、確実に慰安が返ってくるから。

雨宮 あはは（笑）。テレビにそういう体質へと調教されてしまうんですね。

湯山　そう。テレビっていうのは、完璧なサービスエンターテインメントだから、だらっと見てても絶対なにかしら面白いし、満足できる。でも、同じだけの時間クラブに行くとすると、テレビと同じ満足はないよね。体験は0か100なんですよ。旅行なんかもそう。行ったとしても、本当に面白い旅って3回に1回ぐらい。美術館だってそうだよ。足を棒にして回ってモネやらマネやら観ても「あたし本当に好きだったのかしら」って思ったりして。

雨宮　体験は「やれば全部当たり」じゃなくて、ハズレもあると。

湯山　そう。ハズレが続くと「私、ただ無理して、カッコつけでやってるだけなんじゃないか？」と思ったりするけど、たまに、一発の当たりが来るわけですよ。私はそれでイスタンブールにメル友ができた。

雨宮　えー！　どういう出会いなんですか？

湯山　イスタンブールの居酒屋街のレストランで、ひとりMacbook Airを広げてると、目立つのよね。それでボーイがみんな寄ってきちゃって。

雨宮　光に群がってくる虫のように、Macbook Airにつられて（笑）。

湯山　そう。そういうネタを持ってくのは、重要！

雨宮　とっかかりになるフックですね。

湯山　そうそう、フックは大事ね。するとそういうガジェットに興味ある人が寄ってきて「フェイスブックやってる?」とか言うわけ。それでフェイスブックでやりとりが始まったり。「雪です」「こっちも雪です」みたいな他愛もないやりとりなんだけど、次にイスタンブール行くとき、彼の家に泊まることになってる。

雨宮　すごい……!

湯山　それはたまにある一発の当たりだね。テレビを観る毎日や、友達とダベる毎日だと、ハズレなくいつも満足なんだけど、私みたいな、当たりは出せない。

雨宮　当たりを出したかったら、ハズレを覚悟で賭けていくしかないと。

「人と違う」ことをするときに、足を引っ張る勢力に負けるな

湯山　よく「日常がいい」なんて言い方があるけど、日常がいいなんて思っちゃだめですよ。そんなに日常が楽しいんだったら、こんなにみんな病んでないって(笑)。やっぱり冒険したり、自分は違う人って認められたいと思ったり、みんなと違う方向に行

くことしか楽しみはないと思いますね。はっきり言って。

雨宮 会社勤めをしてたときって、「そこから抜け出さないように」っていう同調圧力がものすごくあった気がするんですよ。で、会社を辞めてもまだあるんですよね。業界全体とかで、そこからはみ出ようとする人に対して、すごい圧力をかけたり、非難したりする。

湯山 そんなのそうなるに決まってんじゃん。だって、そういうやつはひとりだけいい思いしようとしてる、とみなされてる（笑）。そんなやつは全員で足引っ張って、自分と同じレベルにするんだよ。抜け駆けしようとするやつがいたら、足を引っ張る。私はぴあっていう会社に十数年いたので、やっぱり辞めるときには、呪いをかけられましたよ。

雨宮 ぴあの呪い……こわい！

湯山 具体的には「会社を辞めた人間で、フリーで活躍してる人はいない」「会社の下請けで、会社から仕事もらって生活していくしかない」って言われたりね。私は33歳でフリーになったんだけど、「そのトシでフリーになったって、いい話聞かないよ？」とか。

雨宮　「なに考えてんの?」みたいな?

湯山　そうも言わない。もうちょっと柔らかく「やっぱり厳しいみたいよ〜」みたいな感じで攻めてくるのね。でも実際に飛び出してみたら、それは100%嘘だったことがわかりましたよね(笑)。

雨宮　私も会社を辞めてフリーになるとき、言われましたね。「フリーなんて何の保障もないし」「食べていけない人って山ほどいるし」みたいな。確かにそれはそうだな〜と思いつつ、そんなこと知らないでフリーになるわけじゃないのに、なんでわざわざ言うんだろう?と思ってました。

湯山　集団の中から、ひとりだけちがうところに行こうとすると、集団の側はそこにとどまらせようとするんだよね。それは女でも男でも、まったく同じ。ひとりだけいい思いしようとすると、そりゃ全力で足引っ張りますよ。そういうときに真っ向から反発するんじゃなくて、そんなことを言う相手を傷つけないようにうまくやって、関係を断たないでおくのも大事。そこは、正直者じゃだめですよね。30歳過ぎたら、嘘の使い手になんないと。

雨宮　よく「女の嫉妬は怖い」なんて言いますけど、仕事をしてて感じるのは、仕事上の男の嫉妬もすごく怖いってことでした。

湯山　男もすごいからね。誰かが志を持って何かやろうとしてて、その人が明らかに自分より才能があるっていうときに、ニコニコしながら足を引っ張るのね。もちろんニコニコしてる人の中には、本当に応援してニコニコしてるっていう人もいるから、誰が敵なのか味方なのか見分けなきゃならない。

雨宮　「味方だと思ってたら敵だった」っていうパターンを経験すると、一気に人間不信になりそうになったりします……。

湯山　あのさ、私、今日雨宮さんにすごく言いたかったことがあるんだけど、雨宮さんは性善説すぎるよ。

雨宮　あはは（笑）。

湯山　だから何かあったらすぐ実家に帰っちゃうんだよ！（笑）。ウチなんてね。両親が両親とも独善パワーとわがままの塊だから、帰る実家もない。この間、母親が入院したんで、父の世話でちょっと実家に帰ってみたら、その愛憎半ばの干渉パワーに3日目には怒鳴り合いだもの（笑）。もうね、雨宮さんは全員を信じないってとこから始めた方がいいと思う。

雨宮　誰も信じないところから始める……？

湯山　そう。疑うところから初めて愛が生まれるっていうか、全員が敵だと思ってると、そうじゃない人が来たときに「あ、この人は本物の味方だな」ってわかるから。最初から「みんな友達〜！」っていう感じでいると、本物の味方も来ないし、来てもわかんないよ。

雨宮　湯山さんの『四十路越え！　戦術篇』（ワニブックス）に女子会の話が出てきますけど、あれも象徴的ですよね。それこそ「みんな友達〜！」ってノリで不倫の話をした人が「結婚してるのにさらにほかの男とセックスするなんて！」と独身女性達の怒りを買って、いきなり女子会に呼んでもらえなくなるという。

湯山　女子会ね、なんで行くのかね、あんなところに。

雨宮　楽しいですけどね（笑）。ただ、確かに誰かのポジショニングが変わると微妙に空気が変わるっていうようなことはあるのかも。

湯山　私が見たその女子会のメンバーは、極めてクレバーな面白い子達だったんだけど、そんな彼女達が鬼女化する。30代で結婚してるかしてないかっていうのは、女にとってこんなに大きいものかと思いましたよね。そこでこんなに分断されるのかって。

雨宮　そうですね。自分自身もそうなんですけど、30代で結婚してない女って、抑圧感がすごいんです。男に引かれる要素とか、男受けしない要素とかを人前で見せたら終わりみたいな感覚が強い。結婚したいと思ってるから、生き残りを賭けた真剣勝負なんですけど、結婚してる女に「そんなに肩に力入れなくても〜」みたいなことを言われると「好きで力入ってんじゃねえよぉぉ！」「力抜いてたら一生このままかもしれないんだよ！」って、ホント泣きたくなる。

湯山　なるほどね。複雑だね。でもさ、男はバカじゃないですよ。周りのモテる男達を見てると本当に思うんだけど、女性誌でやってるようなモテテクなんか、お見通しですよ。あんな姑息なのは、男は察知している。私はモテる男が好きだから、わりとそういう部下も多いんだけど、そういう子に聞くと女を見る目は厳しいですよ。華やかな職業に就いてる、いわゆる「愛され系女子」を実践してるような女に会うと、あとで「けっ」って言ってるもんね。

雨宮　怖いな（笑）。

湯山　「いやー、アレは痛いっすよね」とか言ってる。手の内がバレてるんだよね。

雨宮　小手先のテクは通じないってことですかね。

湯山　いい男は、そんなことやってる女よりも、その人自身が魅力的である女を選ぶし、そういう女に心を打たれる。だから私はやっぱり、30代は猛勉強でも仕事でもなんでもいいけど、自分を充実させて、名実ともに面白い女っていう部分を磨いた方がいいと思うね。

本当に「恋愛」をできる人間はそうそういない

湯山　雨宮さんは「モテたい」ってよく言ってるけど、雨宮さんの思う「モテ」って、具体的にはどういうこと？

雨宮　好きな人が自分を好きになってくれて付き合うっていう……。切実すぎてキツいですね、声に出して言うと（笑）。もうちょっと贅沢言っていいんだったら、3人ぐらい、いい感じの男性とつかず離れずでお付き合いしたいかなぁ。

湯山　3人っていうのは肉体関係もありですか？

雨宮　全員となくてもいいけど、あってもいいかなぁ。肉体関係ありだと3人ぐらいが体力的に限界かも。

湯山　できるんじゃないですか、それ。ただね、やるなら「人でなし」になんないとだめなんだよな。雨宮さんの欠点はね、もう一度言うけど人が良すぎるとこ。

雨宮　「人でなし」にならないとダメですか（笑）。

湯山　体の関係ができちゃったら、女はやっぱり、尽くしてその人のために生きることがアイデンティティになりがちなんだよね。そこは「人でなし」になって、雨宮さんが実現したい自分の欲求を通して、それ以外の尽くしたい気持ちをガチンと切る。

雨宮　相手に対して、こっちの要求をうまく通すってことですか？

湯山　３人いるって、セフレみたいなもんじゃないですか。いろんな付き合いかたがあると思うんだけど、そこに溺れないっていうことかな。でも絶対そうは言っても、恋愛って溺れてしまうもので、溺れたら溺れたでいいんだけど、モテまでのランクだと、まだ恋愛というところまでは行ってないからね。

雨宮　「モテ」は恋愛未満で、恋愛までは踏み込んでない？

湯山　うん。恋愛に踏み込める人って、資質があると思いますよ。恋愛って、できる人とできない人がいてね、実はほとんどの人ができません。

雨宮　ええっ!?

湯山　してるつもりかもしれないんだけど、実はその手前の関係性だけで終わってる。本当にドロドロ恋愛して心中したり、みたいなことまでは、普通の人にはまずあり得ない。ないと思った方がいいね。

雨宮　心中はしない方がいいと思いますけど（笑）。湯山さんの言う「恋愛」ってどういうことですか？

湯山　男女お互いに、共有ファンタジーがないと恋愛にならないと思うのよ。昔はそれこそ、近松門左衛門とか読むとわかるけど、社会で男と女の位置がすごく離れてる。女の総体としてのファンタジー、男の総体としてのそれがあって、そこに性欲がからまってお互いが「自分に欠けた一部がここにいた」系の磁力のような恋愛が成立する。今はもうないでしょ？　そこらへん。

雨宮　確かにないですけど、それじゃあ今の世の中で恋愛は成立しないってことになりませんか？

湯山　いや、まったくその通りですよ。まだ手はあって、人為的にファンタジーを作ることはできる。例えば異文化に自分が入っていくとかね。中近東とか行ってみたり。それほどの社会的、文化的なギャップがある中で、男がこっちに向かってくるっていうことにはすごいファンタジーがあると思うんだよね。

雨宮　なんか『王家の紋章』みたいな世界を想像してしまいますけど。

湯山　そうそう。自分がロマンチストだと思ってる人は、絶対海外で異文化の中で恋愛するといい。それこそ、額面通りの恋愛でしょう。

雨宮　海外に行くと、日本人の女ってすごいミステリアスな東洋の女みたいに見られますよね。いい感じに幻想を抱いてくれる。確かにあれはいい気分です（笑）。

湯山　そうだよ、オノヨーコなんてその最たるものでしょ。ジョンにとって、ヨーコは東洋の神秘の体現者であるとともに、自分達の芸能界とは違う、アートの世界の住人だもの。異文化の二重奏。

雨宮　オノヨーコラインのビッグなモテのチャンスが海外には……。

湯山　日本では無理な大恋愛体験は、海外でまだ可能性がある。言葉の異文化もあるけど、やっぱり宗教の異文化が最強だな。インドと中近東がおすすめ。こうなったらブラジルのケチア族とかね。習俗のギャップがあるほどイイネ。

恋愛？　結婚？　いま女は何をするべきか？

雨宮　自分も含め、周りの同年代の女性を見てると、恋愛をするのか結婚をするのかっていうことがはっきり定まってないような気もしますね。「結婚したい」とみんな言うけど、結婚だけできればいいというものじゃなくて、やっぱり恋愛で合う相手と結婚したいと思ってるから難しい。

湯山　あのね。定めないのは、自分で選択したことの将来に失望したくないから、という、甘ったれた根性ですよ。行動を起こさなければ、絶対失敗しないし、ずっと夢見ていられる。傷つくよりも夢の方がラク、ってね。実は、結婚か恋愛かの問題はさっさと解決した方がいい。

雨宮　結婚か恋愛か？

湯山　いちばんダメなパターンは、自分に都合のいい夢を見たいからってずっと占いに通って、家ではボケーッとテレビ観て、週末はテキトーな女子会でダベって「また1年過ぎた……」の繰り返しで40歳とかになっちゃうこと。

雨宮　ちょっともう……助けてください！（笑）。占い、行きますね〜、みんな。

湯山　そんなことやってるんだったら、中近東でもなんでも、そういう方向にトライした方がいい。よく中近東が出るけど(笑)。経験で傷を生むぶん、ひとつ賢くなるから。

リスクを背負ってでも、私は賢くなった方がいいと思う。

雨宮　悩んでる暇があったら、どっか行け、外に出ろ、ってことですよね。パワースポット以外の場所に行く（笑）。

湯山　うん、テレビと占いだけはやめた方がいいね。時間ってすぐ経つから、意識した方がいい。日曜日に朝風呂して、シャンパンとかもちょっと空けちゃったりすると、そっから6時間であっという間に『笑点』でしょ。

雨宮　（笑）そして『サザエさん』が始まって日曜が終わる……。

湯山　そういう時間が1年間に何日あることか！　で、また「1日ムダに過ごしちゃったな」っていうストレスでムシャクシャして、ヤフオクで1万円のブラウスを3着ぐらい買っちゃうわけだ。

雨宮　リアルですねぇ（笑）。

湯山　それ、10回やったら30万円なんだよ。30万円あれば、もっとほかに何かできる。

雨宮　時間もお金も、そうやってなんとなく使ってしまってる気がします……。

湯山　それがダメだよね。私もそうなんだけど、まずテレビを最小限にし、あと、フェイスブックとツイッターは1日に30分だけにする。

雨宮　耳が痛すぎて鼓膜破れそうです。フェイスブックもツイッターも、使いようによっては人間関係も広がるし、悪いことばかりだとは思わないんですけど、ハマると「いいね！」をもらうためだけの人生になりかねない怖さが……。承認欲求がちょっと満たされて、サルみたいにその小さな承認を求め続けてしまうんですよね。

湯山　一生「いいね！」をもらうためだけの人生になってる人多いよね。

雨宮　今、目が覚めました（笑）。

湯山　SNSで承認を得るのは楽しいかもしれないけどさ、その快感に依存してはダメ。教養をつけるには楽しくないこともやんなきゃいけない。我慢して頑張ってさ。つらくてもわかんなくてもとにかく哲学書を読み続けたり、映画も映画史に出てくる人の作品を片っ端から毎日観たり。娯楽じゃないから、楽しいことなんかないですよ。でも、それをやってればとりあえず書名やタイトルだけでもわかるようになる。好きなものだけを追っていくというのも考えもので、面白くないものこそ、避けてちゃいけないんですよね。面白くないものに当たらないと、逆に自分が面白いと思うものの輪郭がわからない。面白くないものに対して悪口を言う用意っていうのが、実はその人の強烈な魅力、個性になるんですよ。AKB48嫌だぜって思ったら、どこが嫌なのかっていうところがその人の個性を表す。

雨宮　なんだかもう、耳がもげそうに……。

湯山　だから、テレビ観てる時間はまったくないですよ。ワインだってちゃんとかっこよく飲みたいんだったら、ボルドーをババッと買って、飲んで、知らなきゃいけない。知識をどんどん入れてく作業って、楽しいんですよ。

大事なのは自分を甘やかさないってことかな。「つらい」というよりも、敵は「面倒くさい」という怠慢な心。これは私のモットーなんだけど、自分が人間として生まれてきたからには、全うしなきゃだめですよ。子どものように待ってれば誰かが何かを与えてくれるなんてことはない。自分で探して、リサーチして、つかんで全うしないことには、ご先祖様に申し訳が立たない。

30代は「とにかく疲れる」世代

雨宮　湯山さんの30代は、どんな時代でした?

湯山　30代は、言っとくけどちっともいいことがなかった。

雨宮　うわ〜（笑）。

湯山　キャリア上もいいことがなかったですね。30代は仕事も駆け出しのライターだったし、渾身の記事が何の予告もなく掲載されなかったりした。頭に来て編集部に殴り込んだら、軽〜くいなされたりして。

雨宮　ナメられてたわけですね。

湯山　そう。「お前のこと、一生忘れないからな」って思った。実際忘れてないけど（笑）。30代はそういう「一生忘れないリスト」に名前が増えていく時期でしたね。30代って、まだ業界の中では若手というか、バカにされることも多いし、上からなんか余計なこと言われることも多い。

雨宮　湯山さんが「四十路《よそじ》を越えると変わる」っていうことを書いてらっしゃいましたけど、湯山さんが自覚的に変えていったこと以外に、自然に四十路になった瞬間何か変わった、という感じはあったんですか？

湯山　まず四十路越えは、人生初めての危機でしたよ。流れが変わったどころじゃないよね。私、四十路越えあたりで雑誌を1冊抱えたんですよ。そこで人生初の大打撃。それがあまりうまく行かなくて、様々な対外的トラブルが発生したわけ。

雨宮　デカいことが起こりますねぇ……！

湯山　会社の社長になって1冊抱えて、そのとき初めて鬱病みたいになったのよ。物を食べなくなっちゃって。

雨宮　今のパワフルな湯山さんからは想像もできない姿です。

湯山　まぁ、そこから這い上がるわけです（笑）。でもそのときは「けっこう簡単に心って折れるんだな」と思った。ずっとサラリーマンでやってたから、そういうビジネスの世界を知らなかったんだよね。最終的に事なきを得てうまくいったんだけど、そこに至るまでは大変だった。

雨宮　40代に入った瞬間、いきなり身ひとつで賭場に放り出されたみたいな感じですね……。

湯山　うん。私はある程度裕福な家で育ったし、そこからわりとすんなり進んできて、入社したのもメジャーな会社だったから、そこまでの修羅場を経験したことがなかったんだよね。そういうときに、手を差し伸べてくれると思ってた人の手のひらが翻ったりとか、逆にすごく助けてくれる人がいたりするの。そういうことを経験して、一気に正気になったって感じ。

雨宮 40代でひとまわり大きなビジネスのステージに出て、新たなことを知るってすごいですねぇ。

湯山 だから『四十路越え！ 戦術篇』で「お金」っていう項を作ったんだよね。それまではお金に無頓着だった。そういう家だったんだよね。「ちょうだい」っていうとくれたから、あんまり苦労したことがなかった（笑）。一回ね、会社は作ってみるといいよ。

雨宮 会社を作る……。

湯山 「そんな簡単に言うなよ」って思うかもしれないけど、そんな無理なことじゃないんだよ。会社作ってみないとわからないことがある。

今、女の人って30越えて仕事するの難しいよね。就職もどんどんなくなっていく中で「自分の好きなことで稼ぎたい」と思ったら、やってみるといい。今はインターネットもあるし、ダイレクトなお金のやりとりを知ることのできる商売を始めてみるといいんじゃないかな。そういうことをしてみると、今あるお金をどう使うか、マンションを買うのか投資するのか、そういうことを考えるようになる。投資とか言うと、すぐ「素人がやっちゃ危ない」とか言われるけど、それは……。

雨宮　さっきおっしゃってた「みんな同じ集団の中から抜け出そうとする人の足を引っ張る現象」ですね。

湯山　そうそう。でも、もう「貯金しておくのがいちばんいい」っていう時代じゃない。私も、お金を中心に考えるっていうことはつい最近知ったことだけど、お金って怖いけどフェアなので、いろんなことがお金から明解になってくる。

雨宮　明確な基準ですもんね、お金って。

湯山　そして、消費の快楽は絶対否定しちゃいけない。多くの素晴らしい物や体験はお金を払わないと自分のものにならないというシビアな事実とともに生きるのが、一人前の大人ですよ。１００万あったとして、ハワイのモアナサーフライダーに泊まって、アラモアナショッピングセンターでブランドバッグを買うのは、私からしてみれば〝死に金〟の見本みたいなもので、それだったら、モンゴルのゲルに泊まって、乗馬の個人指導を受けた方がいい。

雨宮　湯山さんが本の中で書かれてた「ついついスタバに行ってしまうお金で何ができたか」っていう話、すごいリアルでした。スタバ程度の小さな贅沢で飛んでいくお金で何ができたか……。

湯山　スタバも気がつくとすぐ500円ぐらいになるじゃない？　ちょっと食べたりすると1000円近くなる。あれが1日で500円って、ちょっと「えっ」と思わない？

雨宮　ダラダラテレビを観て時間を浪費してしまう感覚に近いですよね。つい習慣化してやってしまう浪費。

湯山　そういう自分の弱い心とどう戦っていくのかって難しいよね。

雨宮　習慣化する時間やお金の無駄遣いの話も身が引き締まりましたけど、湯山さんが「『もう体力ないから』を言い訳にするな！」とビシッとおっしゃってるのも沁みました。30代でも「今日は疲れてるし、出かけるのやめよう」とかよく言うんですよね。自分も言うし、人も言ってる。

湯山　いや、でも30代は疲れるよね。

雨宮　なんなんですかね、これは。

湯山　なんなんだろうね。やっぱり精神的に疲れることの多い時期でもあるんだと思うよ。それで鬱々としちゃったり「どうせ出かけても……」と思っちゃったり。そういうこととの戦いだよね、30代は。

雨宮　「疲れるお年頃なんだ」と言ってもらえると、疲れるのが当たり前っていう中で何をしようか、考えやすい気がします。

湯山　調子悪くて当たり前だし、難しい本読んでみたり教養としての映画を観たりして「こんなことして何になるんだ」って思っても、絶対にそれは40代になってから花開くし、役に立つってことを信頼して、頑張ってやるしかないと思う。

雨宮　知識を貯金しておくってことですね。

湯山　知識と経験をね。思い出話のストックを増やしておくと、中高年になっても使える。外見の美も体力もなくなったときに、人の心をつかむにはもう話術しかないじゃない？　そのトシになってもまだ若い男を近くに置きたいのかって話だけど（笑）。そのトシになると「こんな面白いことがあったのよ」って話せるネタがどれだけあるかって、すごく重要だと思う。

雨宮　（笑）千夜一夜物語みたいですね！

湯山　そのためにもお金は使って血肉にして、回していかなきゃいけない。

雨宮　経験のために、プライスレスなもののために。

湯山　そう。雨宮さんもいちいち傷つくたびに実家帰ってちゃダメだよ。そんなヒマも時間もない！

雨宮　肝に命じます！

［☞2012年2月29日／Live Wire#89イベント「目指せ！　華麗な四十路越え・入門編」／中野fにて収録］

×能町みね子

処女のままで死ねない

PROFILE

のうまちみねこ

北海道出身、茨城県育ち。漫画家、著述家。著書に『ときめかない日記』(幻冬舎)、『くすぶれ! モテない系』(ブックマン社)、『縁遠さん』(メディアファクトリー)、『お家賃ですけど』(東京書籍)、『ひとりごはんの背中』(講談社)等多数。雑誌やネット媒体での連載も多くかかえる。ラジオ『久保ミツロウ・能町みね子のオールナイトニッポンゼロ』に火曜レギュラーで出演中。

劣等感プロレス

雨宮 能町さんと会うの、実はまだ2回目なんですよね。

能町 そうですね。面と向かって喋るのはまだ2回目ですよね。

雨宮 久保ミツロウさんという共通の友人がいるのが、知り合った直接のきっかけではあるんですけど、私も久保さんと昔から知り合いだったわけじゃなく、私が久保さんの本が面白いと書いていたら、それを見かけた久保さんと私の共通の知り合いが出会いをセッティングしてくれて。こじらせ女子シンジケートみたいな地下水脈があって、なんかそういう者同士は会えるようになってるんですね。

能町 ちょっとたどればすぐ会えちゃうんですよね。全然関係ないけど、いま雨宮さんの顔を見て、私もグロスくらい塗ればよかったと思いました。

雨宮 そういうことすぐ言いますよね、あの、私達みたいな人間は（笑）。自虐的な女子の特徴だと思うんですが、〝劣等感プロレス〟というのがあるんですよ。会った瞬間に「かわいいね」ってホメてもらっても、「すみません」「いやいや、私なんて実は部屋も汚いし」「信じられない年数彼氏とかいなくて、本当にモテなくて」と、言わなくていい情報をべらべら喋って「私の方が下だ」ってお互い言い続けるっていうやつありますよね。

能町　私も、見た目をホメられたときの対策をすごい考えちゃうんですよね。どうしたらいいかわかんないから。普通に考えたら「ありがとうございます」なんだろうけど、「ありがとうございます」って言うか？　この顔で」って、どうしても思っちゃう。「『ありがとう』って、お前モデルか？」って自分の中でツッコミが入るから、どうしても引くほど否定するっていう方法を取っちゃうんですよ。向こうがなにも言わなくなるぐらいまで否定する。

雨宮　こてんぱんに否定するんだ、相手のホメ言葉を（笑）。立ち上がれなくなるまで。

能町　向こうが不愉快になるぐらいにね。

雨宮　例えばツイッターとかで「イベント行きました～。能町さんかわいかった！」とか書かれたときはどうしてるんですか？

能町　スルーですね。「イベントがこんなふうに面白かった」とか、イベントの感想は宣伝もかねてリツイートしたりすることはあるんですけど、その中に容姿のホメ言葉とかが入ってると、絶対リツイートしない。

雨宮　「こいつ、かわいいとか言われて喜んでんだ」と思われると恥ずかしいよね。実際ちょっと喜んでるし（笑）。でも、私は能町さんのようなガーリーな感じっていうのが、実はすごくうらましくて。

能町　ガーリーですか？

雨宮　こんなこと言ってもしょうがないのはわかってるんですけど、私もミナ・ペルホネンとか似合うような女子に生まれたかったたっていう気持ちがあって。

能町　着れば似合うんじゃないですか？

雨宮　ダメなんですよね。なんか、普通にかわいい感じじゃなくて、思想でミナ・ペルホネンを着てる怖い感じになる。

能町　まぁ、人の容姿は、基本いろんなところがうらましくなるもんですよね。

雨宮　容姿に限らず、ウロボロスの蛇みたいな状態なんですよね。それも1匹じゃなくて、2匹の蛇がそれぞれ尻尾に噛み付き合って円になってる。「ミナ・ペルホネンとか似合うかわいいルックスだからいいじゃん！」「でもグロスとかこまめに塗ってて女らしいじゃん！」とか、噛み付き合ってグルグル回っているという……。

能町　絶対そうなっちゃうんですよ。

雨宮　劣等感をエネルギーに、円環がぐるぐる回ってるだけ。前進はしない（笑）。

重なる『ときめかない日記』と『女子をこじらせて』

雨宮　私が能町さんとお話ししたいなと思ったのは、能町さんの『ときめかない日記』という本を読んだときに、途中からだんだん自分の体験と重なりすぎて「あれ？　これって私の話じゃないよね……？」って、変な汗がダラダラ出てきて。そのときは能町さんとまだ会ったことがなかったから、もちろん能町さんが私の体験を知ってるはずもないし「これは何なんだ!?」と。

能町　私は『女子をこじらせて』を読む前に雨宮さんに一度イベントでチラッとご挨拶したことがあったんですけど……またこの話に戻りますけど、きれいな人だなって思ったんです。

雨宮　またその話（笑）。ホメられてるのに疎外感あるわ〜。

能町　これはわかるだろうからあえて言いますけど、第一印象で「きれいだな」って思うと、「あ、自分と違う人だ」って思っちゃうんです。「『劣等感なら私もあります』

みたいな感じで書いてるんだろうけど、どうせ『彼氏が相手にしてくれない』とか、劣等感っつってもそういうやつだろ」っていう。

雨宮　あはは（笑）。

能町　そういう勝手な想像をしてたんですけど、『女子をこじらせて』を読んで、共感というレベルじゃなく、ちょっと似たところが多すぎたんですよね。

雨宮　まず、場所。能町さんの『お家賃ですけど』という本に出てくる生活圏と、私が働いてたエロ本の会社が、50m圏内ぐらいに近かった。

能町　私はもちろんその会社を知ってた上に、その建物の1階にあるデザイン事務所に入社面接を受けに行ったことまであって。絶対にそのころ、すれ違ってるはず。

雨宮　ふたつめは、これはけっこう大きい共通点ですけど、処女であることに悩んでどうにかしようとしたところ。私は処女は別の方法でなんとかしたんですけど、全然モテなくて、テレクラに電話して男の人と初めて付き合ったんです。『ときめかない日記』では、処女の主人公が出会い系を使って、そこで出会った人といい感じになるんですよね。その流れもまったく同じで。

能町　私もマンガを描いてて、まるっきりゼロから描くのってどうしてもできないので、やっぱりある程度、実体験に基づいてる部分が多少あるんです。最初に付き合ったのは、私はネットの掲示板で出会った人。

雨宮 まだ私のときはテレクラがあったんだよね。会ってすぐ「付き合いたい」っていう感じだった？

能町 いや、思っていたよりはるかにダメな感じで、初対面でひどく幻滅したんですけど。でも、向こうがけっこうその気になってきちゃったんで、そんな人と付き合って。

雨宮 幻滅してたのにもかかわらず（笑）。当時はまだ、能町さんも「私にはそんなに選択肢ないから、とりあえず、これいっとくか」みたいなところもあったんですか？

能町 当然ありますね。基本的に「このままだとこの先なんにもないだろう」って思ってるから。

雨宮 「一生誰とも付き合えないまま死んでいくかもしれない」「一生処女のままかもしれない」っていう恐怖におびえてるから、とりあえず「好き」とか「付き合いたい」とか言われたら、付き合いますよね。

能町 うっかりね。

雨宮 付き合ってみてどうだったの？ まぁ、本のタイトルが『ときめかない日記』

だから、察しろよって感じだと思うけど……。

能町 最初だけは、女子高生みたいな気分だったんだと思うんですよ。付き合ってること自体に盛り上がってるっていうか。

雨宮 今までできなかった、彼女気取りの言動ができるのが嬉しいんだよね。

能町 それに自分で盛り上がってるんですよ。だから、それで好きっぽい感じも出てくるんですけど。慣れてくると自分が少し高みに登っちゃうんですよ。

雨宮 いちばん下の場所から「処女でこのまま死んでいく」って思ってるときは、「彼女になる」って切り立った崖の上を眺めてるような感じなんだけど、登ってみたら「セックスできたし、彼女にもなれたし、私、もしかして普通の人かな」みたいな。

能町 そうそう。「だったら、これで妥協することないな」って思い始める。

雨宮 付き合ったとき、自分が気持ち悪いキャラになる瞬間ってなかったですか？いつもの私じゃないっていうか。「彼女キャラになってもいいんだ」っていう許可が出た瞬間に、急にあだち充のマンガに出てくるような言動をとり始めるの(笑)。ちょっと尽くしてみたりとか、やきもち妬いてみたりとか、自分の思う「女のコらしい言動」をやってみたりする。私、「この人といるときの自分、すごい気持ち悪い」って思った記憶がある。

能町　そうそう。完全に演技なんだけど、〝彼女プレイ〟みたいな感じになるんですよ。実際に彼女なんだけど、やってることは完全に彼女プレイでしかなくて。

雨宮　普通の彼女がどうしてるかっていうことを、自然と体験してこなかったから、彼女になっても、どうするのが礼儀で、どうすれば相手が喜ぶのかよくわかんない。

能町　「彼女ってこういうことするんじゃないかな」って、自分のマニュアルに沿ったことしかできなくて。

雨宮　そのマニュアルが私の中ではあだち充（笑）。でも、しょせん私の演技力で再生されるあだち充だから、VHSを20回ダビングしたような劣化コピーなんですよ。でも、一生懸命彼女ぶった言動をしてる自分って気持ち悪いなっていう違和感はすごかった。

能町　ありますあります。

初めての男女交際

雨宮 テレクラや出会い系で出会うと、自分の友達とか知り合いのコミュニティに、まったく重ならない相手でしょ。

能町 そうなんですよ。それ、けっこう大きいですよね。

雨宮 趣味は合ったんですか?

能町 全然合わなかった。雨宮さんはテレクラの人とは?

雨宮 もちろん全然合わなかった。テレクラでも若干、選民意識を発揮してSM回線で出会ったんで、SMっぽいことが好きっていう趣味は合ってるけど、それは性的な部分じゃないですか。普段の会話は、あんまり合うところがなくて。

能町 私、一緒にDo As Infinityのライブに行ったことがあります。

雨宮 けっこうしっかり彼女やってるね! そういう音楽全然好きじゃないでしょ?

能町 好きじゃないどころか、ほぼ知らなかった。けっこう大きな会場のライブに行ったんですけど、全然面白くなかったです。

雨宮 想像するだに苦痛な2時間半……。

能町 「映画行こう」みたいな話にもなるんだけど、こっちも初めての付き合いだから気を使って、趣味全開でいけないんですよ。一応みんな知ってるような話題作で、自分も妥協できるようなのを考えて、確か、『キル・ビル』を見に行った気がする（笑）。

雨宮　絶妙だな（笑）。タランティーノが、Do As Infinityみたいな超メジャーとサブカルみたいなところを繋ぐ……。

能町　『キル・ビル』は楽しめたから、また映画行こうって言ったら「でも、どうせ女の子が好きなのって恋愛映画なんでしょ」とか言われて、「は？　むしろ見ないわ」と思いました。むしろ、もっとコッテコテの濃いやつが好きなのに。

雨宮　でも、そういうことを言われるのが、若干嬉しいみたいなのもあったりはしない？「女の子ってこうなんだよな～」みたいなこと言われて、全然違うんだけど「普通の女のコ扱いされてる」ってことがちょっと嬉しいみたいな。

能町　それはある。女扱いプレイみたいなやつでしょ。

雨宮　でも、そのときの自分の反応って本当に気持ち悪いんだよね。私は、その人の本棚がけっこうつらかった。『ONE PIECE《ワンピース》』『ギャラリーフェイク』『BARレモン・ハート』があって。

能町　あー、『ONE PIECE』は必須でしょうね。巻数多いマンガ多そう。

雨宮　『ONE PIECE』と、あとは蘊蓄《うんちく》系マンガなんですよ。細野不二彦は大好きだから、付き合っていけるような気がしたんだけど……。その彼の部屋に『GON!』（ミリオン出版）を見つけたときは「おおっ、やっと共通の話題が！」ってちょっと嬉しかったんです。

能町　でも、『GON!』は、ちょっとおふざけ好きな高校生とかも買ってたからね。

雨宮　そうなの。『GON!』は、彼の中では「俺ってこんなの読んじゃって、かなり変わってるっしょ？」みたいな部類の雑誌なんですよ。だから、それを見てると「う～ん」っていう。サブカルの中では『GON!』ってねぇ……。

能町　普通にメジャーな雑誌ですよね。

雨宮　私の中にも、青春を捨ててサブカルに打ち込んできたっていうプライドがあるじゃないですか。だからちょっとカチンとくるわけですよ。ヴィレッジヴァンガード行ってる程度の選民意識じゃないですか。「『GON!』程度で変わってるだと？　ふざけんな！」「青山正明と根本敬読んで出直して来い！」みたいな気持ちになっちゃって。そこらへんで若干、心の中で見下し目線が入る。

能町　そう、見下しちゃうんですよ、途中で。付き合って、一応半年以上は続いたんだけど、続いた理由は最初の彼女扱いの嬉しさの余韻と、あとは、セックスをしているという充実感。

雨宮　それ、大切ですよね。付き合ってればいつでもセックスできるっていう……最低の発言だな（笑）。

能町　ちょっとここ踏み込みましょうよ。こういう話をしたいんですよ、今日は。

雨宮　テレクラのＳＭ回線だと、あらかじめ性癖とかは話しちゃってるから、わりとそこに対しては垣根がないんですよ。だからもう、容赦なく今までやってみたいと思ってたことをぶつける感じでしたね。能町さんはどうだったの？

能町　ここも踏み込みますけど、当時私、まだ身体的には男性だったんですよ。なので、いろいろやれないことも多くて。向こうはなにも言わなかったけど、こっちが勝手に、十分にできない劣等感とかがあって。

雨宮　「相手は満足してないんじゃないか」みたいな？

能町　そうそう。それがすごい積み重なってきて、相手に対する不満と性的な劣等感に耐えきれなくなって、結局別れちゃった感じなんです。

雨宮　でも「もう別れてもいいや」って思えたのは、何かきっかけがあったんですか。だって、付き合ってれば「自分は彼女なんだ」っていう自己肯定感もあるし、とりあえずセックスもできるし。

能町 セックスはできるんだけど……（笑）。

雨宮 セックス、セックスって……ごめん（笑）。

能町 「別れてもいいや」って思った直接のきっかけはだいぶ前なんで思い出せないんだけど、やっぱり趣味が合わないのがいちばん大きい理由でしたね。あと、人間としてすごくまずい部分が多すぎて。

雨宮 例えば？

能町 そもそも最初に断ればよかったんですけど、部屋に入った瞬間に、完全なゴミ屋敷だった。

雨宮 それ、怖いね。

能町 「この部屋に人を呼ぶのか」っていうところにもすごい引いた。

雨宮 ゴミ屋敷だってわかった上で会い続けたっていうのは、能町さんの中で「もうちょっと試しに頑張ってみようかな」っていう気持ちがあったの？

能町 なんか「人を外見で判断しちゃいけない」とか、そういう……。

雨宮 えー！ 部屋ってどっちかというと内面が出るよね（笑）。

能町　でも、自己評価が低いから「お前ごときが人を選べる立場か」と思っちゃって、どんな相手でも受け入れようとしちゃうんですよね。雨宮さんのテレクラの人は、部屋は大丈夫でしたか？

雨宮　すごいボロいアパートに住んでた。給料的にはもっといい部屋に住めるんですけど、そのボロいアパートに住んでるのも「俺の美学」なの。『ギャラリーフェイク』の主人公がすごいボロいアパートに住んでるんです。それを真似して……。

能町　え、それ？

雨宮　完全に中二病でしょ（笑）。

能町　うん、かなり重症。

雨宮　私が別れた理由は、当時カフェでアルバイトをしてたんですけど「カフェのお客さんが雨宮さんのことかわいいって言ってたよ」っていうのをマスターに聞いて、それで調子に乗った。

能町　え？

雨宮　普通にイケてる感じのお客さんだったの。だから「私、テレクラとかじゃなくてもいけるんだ」って。

能町　はいはい（笑）。雨宮さんがバニーガールのバイトをしたのは、そのあと？

雨宮　いや、カフェとかけもちでやってた。でも、バニーのバイトでは全然自信は得られなかったんですよ。水商売って、容姿じゃないんですよ。本当に男心を上手に転がすテクニックの世界。私はそれが全然できなくて、唯一私を気に入ってくれたお客さんは、日曜日になると軍服でひとりで店にやってくる、軍服マニアの男性（笑）。

能町　どんなお客さんなんですか（笑）。

雨宮　三島由紀夫の話とかしたら喜ばれちゃって。水商売の場所では、私のターゲットはそんなニッチすぎる人しかいなかった。

能町　ニッチなニーズってありますよね。私も、モテないとかなんとか言ってるけど、本当に誰からも一切好かれないわけではないんですよ。でも、好いてくる人は、ことごとくなんか変で……。

雨宮　能町さんのことを好きになる人って、けっこう決まったタイプがある？

能町　ある一定のタイプはある。どう説明したらいいのか難しいんだけど、まず性格的には超プライド高い。で、プライドは高いけど、喋り下手。私、喋り下手の人って好きだから、そこでちょっとグッと来そうになるんだけど、内面的にヤバい人もけっこう多くて。

雨宮　どうヤバいの？

能町　会って2回目とかで、何の脈絡もなく「僕ね、実は自殺未遂をしたことがあるんですよ」って世間話をしてくるとか。

雨宮　それ世間話じゃないよ、カミングアウトでしょ！

能町　そんなの会って2回目で言われてもねぇ……。そういう、アピールのしかたを大間違いしてる人ばっかりで。

雨宮　「俺のことを能町さんにわかってほしい、知ってほしい」っていう気持ちが、ものすごい勢いで空回ったんでしょうね。

能町　でも、それはグッとは来ないでしょ。

雨宮　まぁ、グッと来る人とどうにかなりたいですよね。

能町　それが端的に言うとモテたいっていうことなんですよね。「モテたい」って、わりとサラッといろんなとこで言ったりしてるけど、いろんなところを回り回っての「モテたい」っていう言葉なんですよね。

雨宮　そうなんですよ。私も「モテたい」ってよく言ってるので、最近人に会うと「雨宮さん、モテたいモテたいって言ってるけど、モテたいって具体的にどういうことを指してるの?」って言われるんですよ。それ、けっこうカチンとくるのね。「漠然とモテたいなんて言ってても、目標をしっかり定めないと無理だよ~」みたいな上から目線で言われてるんだけど、こっちには昔だったら「とにかくセックスがしたい」とか、今なら「好きな人に好かれて結婚したい」とか、切実な気持ちがあるわけですよ。

能町　そうですよね。

雨宮　それを世間話としてするには、あまりにも重いでしょ? セックスしたいとか、愛し愛されたいとか、切実すぎて涙なしには聞けないじゃないですか。飲み会の席でするような話じゃないから、心では泣きながら「モテたい」いうマイルドな表現にして言ってるだけで、決してテキトーな気持ちで「モテたい」って言ってるわけじゃないってことは、声を大にして言いたいですね。

処女問題

雨宮　処女問題について話そうと思ってたんですけど、処女を捨てた方がいいのか問題ってあるじゃないですか。けっこう悩んでる人からすると、とりあえず手近なやつとでもなんでもいいからやった方がいいのかとか。男の人の場合は北方謙三の「ソープに行け」っていう名言があるから、とりあえずやっとけみたいなのがあったりしますけど、女の場合、間違った方向に走って大破するっていうこともあるじゃないですか。

能町 だいたい「やった方がいい」っていう義務感に追われてやる場合って、大破ですよね。

雨宮 「こんな初体験ってあるのか?」ぐらいの、ひどい初体験になりますよね。そんなものはマンガでも小説でも勉強してこなかったから、どう対処したらいいのかわからない。

能町 私も『ときめかない日記』では、そのへんの話を描きたかったんです。少女マンガは当然プラトニックで、好きな相手と結ばれる的な展開だし、『FEEL YOUNG』(祥伝社)とかの大人のマンガでは普通にセックスしてるけど、それも美しいじゃないですか。気持ち的に痛いセックスならあるけど、汚いセックスはないんですよ。

雨宮 汚部屋の何ヵ月替えてないかわかんないシーツの上でとか、ないわけですよね。

能町　ないんですよ。でも、実際そういうのって多いだろうから、それを描きたかったんです。

雨宮　『ときめかない日記』に、会社の同僚の福岡さんっていう、ある程度女慣れしてそうな既婚者が出てくるじゃないですか。手近で処女捨てられそうな相手だから、主人公は寄っていくわけだけど、福岡さんの軽さに耐えられなくて余計にきつい思いを抱え込むっていう、あの描写がすごい好きで。

能町　「こいつだったら、向こうはやり慣れてるからなんとも思わないでセックスしてくるだろう」みたいな感じで、ああいう男に行っちゃいたくなるのはわかる、って思いながら描きました。

雨宮　うん。でも、ああいう男と初体験をしても、あんまりいいことないのかな、と思わなくもない。男が嫌いになりそうな気もする。私は、そういう無様《ぶざま》なところを通らずに最初からちゃんとした手順でちゃんと好きな人と付き合えている人生を経験したことがないから、どっちがいいかって言われてもわからないんだよね。私はぬかるみの中を通ってしか生きられなかったけど、綺麗な舗装された道を通れるんだったら、そっちに行ってほしいような気もするし。

能町　最近、男だと、童貞のことを語れる機会が増えたから、童貞の恥ずかしさはだんだん消えてきてる気がするんですよ。

雨宮　童貞の選民意識ってうざくないですか？　「俺は童貞のルサンチマン知ってるから」みたいな。とっくの昔に童貞じゃなくなった奴まで言ってるでしょ。

能町　本当は、伊集院光さんとか、みうらじゅんさんとか、ないと思うんですよ。

雨宮　お前らに童貞を語るライセンスはないっていう。

能町　めちゃめちゃ美人と結婚してるじゃないですか。

雨宮　みうらさんなんて不倫で再婚ですよ。『アイデン&ティティ』（角川書店）を読んで感動した涙を返せって思いましたよ。

能町　「ずっと童貞だったからそのメンタリティはなくしてない」とか言っても、もう童貞じゃなくなってるんだからさ。

雨宮　「童貞のメンタリティ」「童貞のルサンチマン」を免罪符に、怨念語っても許されるみたいな感覚がありますよね。もうヤリまくってるくせになんの謙虚さもない。反省しろって言いたいですよ。

能町　処女はね、処女であることのプライドなんかひとつもないですよ。誇れることもない。処女メンタリティって、持っててもなにも起こらないですね。開き直れないし。

雨宮　童貞みたいに開き直れたらいいのかっていうことでもない気がする。

能町　そうなんですよ。いちばん困るんですよ。

雨宮　処女と付き合いたいとか結婚したいっていう人はいるけど、「処女」であることを目当てに寄ってこられるのも微妙でしょ？　「処女と結婚したい」って、「巨乳好きだから巨乳とヤリたい」っていうのと同じじゃないですか。セックスだけでいいならそういうプレイもアリだけど、処女でいきなりそんな、プレイ的なセックスはキツくないですか？

能町　年齢的なものもありますよね。処女好きの人でも、25歳超えてる女には反応しなさそう。

雨宮　浮世離れした感じで育ってて「結婚するまで処女でいるのが当たり前」みたいに思ってたらいいのかもしれないけど、処女で苦しんでたら「君、処女で最高じゃん」みたいなことを言われても「こいつ……！」ってなるよね。「お前は童貞じゃないくせに、なに私に処女求めてんだよ！　都合のいいやつ！」みたいなことになってきそうですよね。

性欲と自分探し

能町 『女子をこじらせて』の中で、けっこうご家族の話が出てきますけど、弟さんとの関係が超いいなと思ったんですよね。

雨宮 不思議と、離れて暮らすと仲良くなるんですよ。

能町 普通にエロの話ができるんですよね？

雨宮 それは、一緒に住んでたらできなかったと思う。親が厳しくて、エロ禁止の家だったから。私が大学で上京して、離れてるのが普通の距離感になって、私がエロ本の出版社に就職してから、弟との間ではエロ話が解禁になった。実家に帰ったときに「あんた何読んでるの？」って布団めくったら『お宝ガールズ』（コアマガジン）っていう、芸能人のお宝ショットを集めた本が出てきて。「こんなヌルいもん読んでんじゃない！」って説教したり。

能町 そういうのうらやましいですね。基本、家族とエロの話ってできないじゃないですか。

雨宮 できないですね。私も弟以外とはムリ。

能町　それがきつくて。私が育ったのは茨城県の南の方で、東京の大学に進学しても全然通えるんです。でも、私はなんとしてでもひとり暮らしをしたかった。その理由は、完全にエロのためとしか言いようがない。自分の部屋っていうのがなかったから、エロ関係のことはなにもできないんですよね。

雨宮　私も東京に出てきて、初めてひとり暮らしの部屋で『ギルガメッシュないと』観たときは涙出そうだった。嬉しくて。

能町　私はまたちょっと複雑で、性欲もあるけど「私とはなんなのか」っていう性自認の面での自分探しの要素もあって。

雨宮　ちょっと複雑ですよね。切実な問題があったから。

能町　わかるまで時間がかかりましたね。大学進学と同時にちょうどインターネットが爆発的に普及し始めたんですよ。私は97年に大学に入ってるんですけど、そのときにコンピューター棟が大学にできた。私はそこでひとりでエロの情報を……。まぁ、自分の性欲発散もあるんだけど、自分探しのためのエロ情報も求めてたから。半分は性欲なんだけど、半分は自分探し。

雨宮　そうですよね。

能町　あと、ひとり暮らししてれば、どんな格好でもできるじゃないですか。どんな格好でもできるって、やっぱり大事なんです。

雨宮　そうですね。すごい自由ですよね。

能町　私、その時点で一度、ネットを介して人に会ってるんですよ。98年ぐらい。

雨宮　早いな～！　ギークガールじゃないですか。会うところまで行くっていうのは、やっぱり相当切実に求めてたんですね。自分は何者かということを。

能町　求めてましたね。自分探しって言いましたけど、自分と同じような気持ちの人を探してたわけです。私は「女にならなきゃ」と思ったのもすごく遅いんですけど、「女にならなきゃ」って思うまで紆余曲折あり、女になったあとで今度はそこのコミュニティから離れたくなったりして、いろいろややこしいんです。

雨宮　女になったから、女になりたいコミュニティとは合わなくなったの？

能町　そういうわけじゃないんですよ。コミュニティと、方向性があまりにも違ってた。

雨宮　方向性の違いにより解散（笑）。

能町　ほんとそう（笑）。女性性を見せることに対するためらいを、基本的に持っていない人が多いんですよ。なんの後ろめたさもなしに、女としての自信全開で開き直ってる、ものすごい突き進んでる人が多いんです。それを見てるうちに「私はもう一段階ひねくれてるな」っていうことがわかってしまって。

雨宮 あはは（笑）。女になったものの、能町さんはこじらせ側の女子だったんだ。

坊主はこじらせ女子の通過儀礼

雨宮 さっき控え室で話してて、私と能町さんの共通点で「坊主にしたことがある」っていう話が出てきましたけど。

能町 すごい共通点ですよね。

雨宮 一段階ひねくれてる女だからこそする坊主ってあるじゃないですか。パンクとか暗黒舞踏とか、文化的な文脈ではない坊主。能町さんは、30歳になった記念で坊主にしたんですよね？

能町 それも普通に考えたら遅すぎるんですよ。若気の至りとかじゃないですからね。

雨宮 なんで坊主にしたくなったの？

能町　「女性性を求めて」頑張ってきたのが、そこから離れてきて「私は普通に女でいたい」みたいな感じになってきたんですよ。「坊主だろうがなんだろうが、私、普通に女だし」っていう。ファッション的に面白そうだっていうのもちょっとありましたけど。

雨宮　私もかなり似たような感じかも。坊主にしたのは大学生のときだったんですけど、高校生のときに当時は不思議ちゃん雑誌だった『CUTiE』（宝島社）っていう雑誌を読んでて、その読者投稿欄に恋の悩みが書いてあって。「好きな男の子がいるんだけど、○○くんに振り向いてもらうには、いっそのこと坊主にして、女性性を際立たせるしかない」って書いてあったの。さらにその当時、『東京ガールズブラボー』（宝島社）っていう岡崎京子のマンガで、主人公の女の子がモヒカンにするっていう回があったんですよ。そのダブルの刷り込みで「モヒカンとか坊主にすることこそ、潔い女の象徴」みたいな。

能町　そう。それはすごくわかる。

雨宮　坊主にして崖っぷちに立てば、私の女性性が覚醒するんじゃないかっていう期待があったんですけど。特にね……覚醒しなかった（笑）。

能町　それで誰かが引き寄せられるっていうことは、まずないですね。

雨宮　私は男顔なので、むしろ男らしさが際立っちゃって。伸びかけがいちばんつらくないですか？　野球少年みたいになるの。

能町　つんつんしちゃう。

雨宮　剃りたての次の夜ぐらいは、枕との摩擦がハンパなくて寝返りが打てなかった。

能町　えっ！　剃ったんですか？　私、そこまでやってないわ。スキンヘッドだとは思わなかった……。しかも私、今それ聞いてスキンヘッドやってみたくなっちゃった（笑）。

雨宮　なんで今「負けた」みたいな気持ちになってんですか（笑）。

能町　ちょっとおかしいですよね。

雨宮　でも、その気持ちはすごくわかる。「自分の中途半端さがイヤだ」っていう気持ちが常にあるんですよ。「一般的に受け入れられる、モテる感じになりたい」っていうのと、「そういうことを一切気にせず、我が道を行ってる人の方がカッコいいじゃん」っていう気持ちが同時にあって。最近『ドラゴン・タトゥーの女』っていう映画を見て、その気持ちが爆発して、眉毛ブリーチしてタトゥー入れようかと思った。

能町　私は高校のときは地方にいて、全然ダサかったんですよ。ファッションっていうものを知らなかったので、おしゃれになりたい気持ちはあったけど、何をしたらいいかわかんない状態だった。で、上京してまず最初に憧れたのが、パンクっぽい格好(笑)。

雨宮　来るよね、まずそこに来るよね！

能町　絶対モテとは違うじゃないですか。で、そういう服のお店入るのってすっごい怖いじゃないですか。

雨宮　今でもちょっと怖いよ、私。

能町　田舎から出てきたばっかの18、19でそんな店入れないんですよ。私、地元のライト・オンですらちょっと怖かったのに。

雨宮　(笑)

能町　それが1年後に、急に下北のパンクの店とか入れるわけがないじゃないですか。

雨宮　「下北の古着屋」とかって、おしゃれな人じゃないと行けないと思ってましたよね。

能町　そうそう。古着屋に勇気出して入るのが精一杯で。入ってはみるんだけど、「いいのがないなー」の顔でそっと出て行くぐらいしかできない。値段も絶対手に届かないだろうなーとか思っちゃって。

雨宮 値段が見れないよね。タグ探すのに手間取るから。

能町 見れない。恥ずかしいもん。その間に絶対店員に声かけられるじゃないですか。そしたらどう断ったらいいか……。

雨宮 私、坊主にしたのはパンクってわけじゃなかったんですけど、その後にちょうどパンクっぽい音楽が好きになって、いわゆるバンドTシャツを着るようなライブとか行ってたんですよ。でも行ってて気がついたのは、パンクで素敵な女の子っていうのは、かわいいんだよね。

能町 それはある!

雨宮 『ドラゴン・タトゥーの女』もそうなんだけど、あれがキマる人って、元が相当いいんですよ。バンドTも、同じの着てるのに女子トイレで並んで鏡に映ったときに、明らかに自分と違うの。かわいい子が着てればかわいいんですよ。逆にごまかしきかないんだよね、あの格好って。

能町 元がよくないとダメなんですよね。

雨宮　でも、ああいう人目を気にしてないふうのファッションに憧れるのっていまだにあるな。

能町　なんかの裏返しな気はするんですよね。普通に女性らしい格好は、いろんな自意識が邪魔してできなさすぎる。でも、なにかは主張したいからっていうところで、そっちに集中しちゃうような気がして。『Zipper』（祥伝社）とか『CUTiE』とかを見ると、そういう人はそういう彼氏とくっついてるし、そういう道もあるんじゃないかって思っちゃって。

雨宮　たまにそっちの道に行きかけるんだけど、行きかけると、天然でやってる人達と、なんちゃってでやってる自分との差っていうのが浮き彫りになってきて、つらいんだよね。人がやってるのを見たら潔くてかっこいいと思ったけど、自分がやっても1ミリも潔くなくて「あれ？　これ、違うな」って思って引き返してくる。結局、思想も信念もないから、私がやってもうわべだけって感じがして。

能町　「普通にやればいいじゃん」っていうのと、「自分を出しまくっていこう」っていうところの間でブレるんですよ。普通にやって、わりと男の人にも受けていくのと、もっと『ドラゴン・タトゥーの女』みたいにガンガンいくのと「どっちなんだ!?」ってブレまくってるんだけど……最近ふと「昔、私Charaとかあんじとか好きだったな」っていうのを思い出して。

雨宮 うわー、そのライン、身に覚えありすぎてきつい！

能町 あんじ、良かったじゃないですか。鈴木蘭々とかも超好きだったし。川本真琴とか。ああいう感じになりたかったんですよ。かわいいけど媚びてない感じ。

雨宮 胸を掻きむしられるジャンルだね。すごいわかる。

能町 「あそこに行きたかったんだ、そういえば」って思い出して。で、そこは忘れないようにしようと最近思って。

雨宮 私もCharaとか好きだったから、浅野忠信とかけっこうムカついてる。「あんな浅はかなサブカル男が、私達のCharaを傷つけたなんて……！」って。Charaにもね、そんなことで傷ついてほしくないの。そんなもんはねのけて、自信持っててほしいのね。こんな阿佐ヶ谷ロフトの片隅で言ってもCharaには届かないんだけど(笑)。やっぱり、そこに憧れた気持ちがすごくあったんだよね。

能町 女らしさがちゃんとあって、しかも自立性があるっていうか。

雨宮 独自のファッションなんだけど、かわいくてセンスが良くて、自分の女性性や恋愛にも正直で、自己表現もしてて。すっごいいいと思った。でも……違うよね、私達。

能町　違うわ。

雨宮　あそこに憧れてたのに、どこで間違ったんだろう（笑）。

能町　私、篠原ともえが同じ歳なんで、同じように成長してきたイメージを勝手に持ってるんですよ。全然同じ道通ってないんだけど(笑)。彼女も悩んだり、トラブルもあったりしたじゃないですか。一時期全然出なかったりとか。でも最近、あんなにかわいく成長して。

雨宮　めちゃくちゃいい具合になりましたよね。

能町　いいですよね。あのキャラが古くも感じないし。いいなあと思って。

雨宮　今、そういう「文化系のきらめいてるカワイイ女のコ枠」みたいなの自体があんまりないですよね。しまおまほを最後に……。「シブカル祭。」とかかなぁ。でももう年齢的に枠外だわ、私。

能町　私らって、私ら世代で言うところのあんじ的な目標にはなり得るんですかね？

雨宮　私達が？　ならないっしょ（笑）。むしろ、「こっちには来るな！　ここはいいから先へ行け！」っていう立場でしょ。「ここから道が崩れてるから、来ちゃだめ！」っていう、人身御供《ひとみごくう》（笑）。

能町　「ここでせき止めるから、来ちゃダメ！」っていうポジション。

幸せになったらつまんなくなる？

雨宮　私とか能町さんのような、って一緒にするのもアレなんですけど、自分の不幸とか自虐ネタを書いてる人間が「幸せになったら面白くなくなるんじゃないの？」って言われるのはどうですか？

能町　私は自分にはあり得るとは思ってて、しかも、別にそうなってもいいと思ってる。

雨宮　私も、なってもいいと思ってる（笑）。結婚とかして幸せになって、書くことつまんなくなったらそれでいいじゃんって。

能町　それでいいです。つまんないって言われていいです。

雨宮　不幸をネタに多少面白いことが書けるからって、不幸のままでいたいなんて思わないよね。でも「幸せにもなってないけどつまんなくなる」っていう最悪の道を想像すると恐ろしいよね（笑）。

能町　（笑）。だいたい、幸せにお付き合いしたり結婚したりして、しかも面白くなるっていう道はあんまり考えられないんですよ。いくら幸せな結婚をしたとしても、自分が旦那のエッセイとか書くと思えないし。

雨宮　『ダーリンは外国人』（メディアファクトリー）的な？

能町　絶対書かない。「旦那がイタい」とかいう話であっても書けないと思う。それも結局、のろけな気がするから。

雨宮　結局「旦那」だもんね。「旦那」って言われた時点で心のシャッター閉じるような人達が私達の本を読んでくれてるわけだしね。

能町　でも別に私、つまんなくなりたくないから結婚しないなんてひとつも思ってないから。

雨宮　幸せになりたいって心から思ってますよね。とりあえず、そっちの幸せが手薄だから、仕方なく仕事してるっていうことでしょ。進める道が、こっちにしかないから。

能町　とりあえず仕事だっていうだけだから。それしかないんですよ、いまんところ。目標は、幸せになって「つまんなくなった」って言われること。

雨宮　「幸せになってからダメになった」って言われたいね。「それまではダメじゃなかったんだ」とも思えるし（笑）。

能町　「あのころがよかった」って。

雨宮　数年後にフォロワーがガくっと減った能町さんのアカウントをツイッターで発見するみたいな。「昔は面白かったのにね」って。

能町　ツイッターに旦那のこととか書いたりしてね。

雨宮　書かないって言ってたのに、普通に書いてて。

能町　あっさり裏切ってね。いいなそれ。雨宮さんも旦那のこととか書いてくださいね。

雨宮　私、すごい憧れてるのが「結婚しました」って、結婚指輪をした手を重ねてる写真をネットにアップするっていうやつなの。

能町　あれ憧れてるんですか!?　それはできないなー。

雨宮　私、あれがやれたら死んでもいい。

能町　私、それは耐えられないな。そういう、フェイスブックで「いいね！」が100個つくような写真はあげたくない。

雨宮　あ、そう（笑）。私、こじらせてはいるけど、ミーハーなんですよね。けっこうスイーツっぽいこと大好きなんですよ。

能町　リアルに考えて、結婚したとしたら、なんだかんだいろいろ悩みすぎて、結婚したことをネット上では言わない気がするんですよ。で、言わないでそのまま仕事を続けてて、周りの編集さんとかから「最近能町さんつまんなくなった」って言われるのがいちばんいいんですよ。「言わなかったのに、幸せ感出ちゃった！」っていう。

雨宮　「やっぱり私、幸せだからつまんなくなってたんだ」みたいな。そこで幸せを実感する。

能町　そうそう。それがいちばんですね。

雨宮　早くそうなりたいですね（笑）。

［☞2012年3月13日／イベント「こじらせ女子のときめかない日常」／阿佐ヶ谷LOFT Aにて収録］

「女の先輩」の心意気

×小島慶子

PROFILE

こじまけいこ

1972年オーストラリア生まれ。学習院大学を卒業後、1995年、TBSにアナウンサーとして入社。1999年第36回ギャラクシー賞DJパーソナリティ賞受賞。2010年TBSを退社。現在はタレント、エッセイストとしてテレビ出演、雑誌連載等の執筆活動を行う。著書に『女たちの武装解除』(光文社)、『気の持ちようの幸福論』(集英社新書)ほか多数。小学生の男の子が2人いる。

「若い女」というガワ

小島 雨宮さんって、ご自分のこと「貧乳」って書いてらっしゃるけど、何カップ?

雨宮 ……Bです。

小島 一緒!(右手を伸ばす。固い握手を交わす2人)

雨宮 そこから始めますか!(笑)

小島 まず、そこに共感したのよね(笑)。

雨宮 小島さんは女子アナ時代に、テレビは見た目の情報がすごく邪魔になって、伝えたいことが伝わらないっていう悩みを抱えていらしたと著書で書かれていますよね。

小島 テレビは見た目で判断されるものだという本質がわかってなかったのもあったけど、本来アナウンサーというのは決められたことを真面目に必要最低限しゃべって、あとはタレントさんにいじられたときに、ちょっとほころびを見せるっていう範囲内の存在でいないとわかりづらいんです。それをまったく理解できていなかった。

雨宮 もっと、自分の意見を自由に言っていい存在だと思ってらした?

小島　そう。本来それはアナウンサーの仕事じゃなかったんですけど、当時の私は幼くて、自分の本分がわかってないからつい言いたいことを言ってみちゃって、すると当然みんな凍りつくわけですよね。

雨宮　周りが「こいつ何言ってんだ？」という雰囲気に……。

小島　本分を逸脱した行為をしてるから、空気が凍ってるんですけど、そのときは「きっとこれは、私が若くて中途半端に美人な女だからだ、きっと私がおじさんだったら、同じことを言っても聞いてくれるに違いない」と思ってた。自分がアナウンサーの本分をわかっていないっていうことを完全に棚上げした状態で「私がおじさんだったらいいのにな」って思ってましたね。

雨宮　そのときは、「若い女」っていうガワがうっとうしかったですか？

小島　「このガワ、いらねえ！」って思ってました。

雨宮　あはは（笑）。

小島　すごく役に立つガワではあるんですよ。こんなに給料高くて、なにも経験がないのにゴールデンの番組にバンバン出られて、有名人の真似事みたいなことができて。こんなにおいしい立場にありつけたのも、中途半端に見てくれがよかったからだし。

でも、なってみたら「いらねえ」と思った。

雨宮　そのときに小島さんご自身は、自分の容姿はどう思ってました？

小島　当時は自分の顔が全然好きじゃなかった。自分の理想とする美人とは全然違うし、普通にしてても怒ってるみたいな男顔だし。もっとかわいらしい、今でいうところのアヤパン（高島彩）さんみたいな、万人に好かれるかわいい顔になりたかったですね。

雨宮　小島さんでもアヤパンには憧れるんだ……（笑）。

小島　人が「お綺麗ですね」と言ってくれても、「どうせ私が女子アナだから、美人って言われたがってる人種だと思って言ってるんだろ。けっ、喜んでやるもんか」みたいな、面倒くさい反応をしていたような気がする。今だったらどんなにすごいお世辞でも、全部「ありがとうございます～！」って厚かましく受け取っておくんだけど。

雨宮　「どうもどうも～」「あざっす！」って言って（笑）。本来、若い女として調子に乗ってもよかったときに、頑なにそれを拒んでしまう感覚ってなんなんでしょうね。

小島　実は褒められたことで、相当舞い上がってたからじゃないですか？　こんなに舞い上がって嬉しがってることを恥じて、それがバレることを恐れ……。

雨宮　それだけ貪欲にそのホメ言葉を欲してたんですかね？

小島　当たり前ですよ。だって、あまたある職業の中で女子アナっていう、会社員かつタレントみたいないちばん欲の深い職業を志す女なんて、どんだけ欲の皮つっぱった出たがりだよっていう話ですから。どうかしてる女しか志望しないですからね。そりゃあ求めてたんだと思いますよ。

「女子アナ」という自意識

雨宮　女子アナを目指す人は、みんな欲の深い人なんですかね？

小島　全員がそうだとは思わないけど、どう考えてもいいとこ取りすぎるじゃないですか。お給料はいいし、この間までただの女子大生だったくせに、タレントさんが何年努力しても出られないような番組に出られて、しかも箱入り娘みたいに大事にされて、なおかつアイドル的に雑誌とかでもてはやされて……。華やかに見えても「私はいいところのお嬢さん」みたいなイメージも保つことができる。

雨宮　確かに……。女子アナって、仕事で活躍して目立つことが結婚の妨げにならない、唯一の職業なんじゃないかと思います。

小島　そんなところ目指すなんて、どんだけ欲深いんだよって自分で思いますけど、実際、欲深かったですね。うすぼんやりと「どんな職業かよくわかんないけど受けてみました」みたいな人が、3000人や4000人に1人っていう競争率を突破してまで局アナになりたがるはずがないし、自分の美人度も知らないままのピュアな女の子がいつの間にか神様に選ばれて女子アナになっちゃったなんてこと、あるわけないだろって思いますね。

雨宮　イメージ的には、本人ががっついて応募して勝ち抜いた！みたいな印象ないですよね、女子アナって。「母が勝手に応募して……来ちゃいました」みたいなイメージです。

小島　「姉が勝手に応募して」って、男性アイドルの常套句か！って思いますよね。ミスコンでも何でも「友だちに誘われたんで、試しに受けてみたら……」とか言うけど、なんでそんなに、努力したことをダサいみたいに言うのかな。女っていうものは「本人は無意識なんだけど選ばれてしまう」っていうことに価値があるんだっていう刷り込みがあると思う。

雨宮　「私は全然そんなつもりじゃなかったんですけど、周りが……」ってやつですよね。私はそういうの「なんだそれ」って思ってたんですよ。努力してるのはかっこいいことなんだから、堂々と言えばいいじゃんって。でも、社会でうまくやっていくためにも、男にモテるためにも、その立ち回りがいちばんうまいんだってことが、いまさらですけど最近になってよくわかってきました。

小島　わかるわかる。でもそれを、20歳そこそこでできる子がいるんですよ。ただ、身近にいると、その人の声がものすごく変わる瞬間とか、見てしまうわけです。

雨宮　それって本当に目撃した事実でも、人に言うと「うわー、女の悪口言う女って怖《こ》え～！」みたいな反応されませんか？

小島　されますよ！　どうせ信じてもらえないわけよ。みんなが超～かわいい子として信じて疑わない子が、自分のプラスにならない人に対しては3オクターブ低い声で、下僕のような扱いをする瞬間を私は見てるんですよ。でもそれを言った瞬間「年増がかわいい子に嫉妬しちゃって」ってどうせ言われるんだから、言うわけないじゃないですか。

雨宮　キツいですよね～。真実を言ってもこっちが悪者。正義なんかどこにもない！

「カワイイ」だけが正義（笑）。

小島　だから、二面性があってうまい具合に芝居をやり通す女の人のネガティブな面の情報っていうのは、絶対に表に出ないようになってるんです。表に出した人間が悪く言われるだけなんだから、言わないじゃない？

雨宮　言えないですね。その気持ちを心の中で消化する手段として「でも、あれにだまされる男なんてたかが知れてるよ」みたいなことを思ったりもしますけど、そんなことないんですよね。けっこう賢い、いい男がホイホイだまされて夢中になってく。それで「私はいい男もだませないまま、社会の中でおいしいところを取り逃したまま生きていかなきゃいけないのか」とさらに途方に暮れて……。

小島　「なんだよ、昔話って全部嘘だったんじゃん！　正直じいさんが報われないっていうこともあるんじゃないか！」って思いますよね。

雨宮　ほんと、童話は害悪ですよ。正直に良心に従って頑張ってれば王子様が……全然来ないじゃないですか！（笑）

嫉妬の解体で自分が見える

雨宮　小島さんはそういう人達を身近に見ていて、そういう気持ちをご自分の中でどう処理してらしたんですか？

小島　まぁ、彼女達の態度が豹変するのを見て「あいつらは性格悪いぞ」って思いながらも、自分が彼女達のように、プロとして、接する相手のことを心地よくさせ、その場を華やがせ、求められることをこなす能力がなかったことも事実として受け止めていたんです。つまり、彼女達は別に悪くないの。単に私にはできないことが、彼女達にはできただけ。自分のできないことをうまくこなす人間のことを「悪者だ」って言った途端に、世の中って殺伐とするじゃないですか。

雨宮　ああ……。自分が不器用な人間だからって、器用にできてる人のことを「あいつ、うまくやりやがって」って言った途端に。

小島　世の中が「うまくやりやがって」だらけになって、荒《すさ》むんですよ。テレビに出る人に関して言えば、スキルがあれば、人柄がいいか悪いかなんてまったく関係ないんですよね。だから、人柄の評価とスキルに対する評価を混ぜない方がいいと思ったの。鬼みたいな人でも、やっぱりテレビに出てると綺麗だし、ニュース読むのうまいし、素直に「すごいなあ！」と思いますよ。

雨宮　人柄は置いといて、尊敬すべき部分があるのは認めるようにしたんですね。

小島　それを認めないと、永遠に妬み嫉《そね》みを言い続けるだけの人間になってしまう。だから妬み嫉みを言い続けるんじゃなく、健全に生きのびる方法をどうにか探ろうと思ったのね。そうやって生きのびることにしたんです。彼女達の持ってる性格の悪さなんて、たぶん私にだってあるだろうしね。彼女達も、私の知らないところでいろいろ苦労もしてると思う。頭のいい人達なのは確かだから、人の悪意にだって敏感だと思うし、絶対悪口を言われてることにだって気がついてるはず。きっと、人に見えないところでは泣いたり怒ったり……。

雨宮　絶対、平気なわけはないですよね。テレビに出てるっていうだけで無茶苦茶言われるものだし。

小島　だったら私と同じじゃん、って思うし、自分のできないことをやってる人のことをぐちぐち言い続けてもなんにもいいことないから、やめようって思えたんですよね。

雨宮　小島さんの著書を拝読していると、自分の中の黒い感情、例えば嫉妬だったり、悔しかったり嫌だったりしたことを、すごく丁寧に分解して消化してらっしゃるなという印象を受けました。それって意識してされてるんですか？

小島　うん、嫌ですからね。ずっと誰かに対して「あいつ面白くないな」とか「ムカツク!!」って思い続けるのって不健全だし、自分もきつい。「なんでそう思うんだ？」とか分解していくと、わりとすっきりすることがあるんですよね。

雨宮　私もそれはよくやるんですけど、そういう気持ちって分解すると、その嫉妬の中にある自分自身の問題が見えてきませんか？

小島　結局そうなんです。自分を知ることになるし、相手のことを知ることにもなる。例えば、同じクラスに雨宮さんがいて、雨宮さんのことがどうしても気にくわなかったとしますよね。「なんで自分がこんなに雨宮が嫌いなんだろう」って考えると「まず、私より美人なのが気にくわない。勉強が私よりできて気にくわない。あと、なんか知らないけど男子が雨宮に優しいのが気にくわない……」。それでなにが見えてくるかっていうと、雨宮さんじゃなくて、自分の欲望が見えてくるわけですよ。

雨宮　嫉妬や憎しみを解体していく作業って、自分を見つめる作業ですよね。

小島　その人の中のどんな属性を憎んだり、好ましくないと思うかって、属性で相手を分解していくと、結果としてその属性に対する自分の評価が見えてくる。欲望や正義感や、信じるもの、憎むものが見えてくる。「その人と私」の問題ではなくて、「私はこういうものを求めている」とか「私は人間のこのような面に対して、非常に嫌悪感を抱く」っていう、普遍的な法則が見出せるわけですよね。それは、ひとつ収穫なわけです。

雨宮　自分の輪郭が見えてくるんですね。そして次にイラッときても、「あ、これ1回消化したことあるアレだわ」みたいな感じで、対処しやすくなる。

小島　同時に、自分にわけもなくつっかかってくる人に出会ったときにも、「おそらく私の中のなんらかの要素がこの人を刺激してるぞ」っていうふうにとらえることもできますよね。その方が生きやすいし、問題を解決しやすい。

ラクになれる人間の数は決まってる？

小島　悪口というと、整形をめちゃくちゃに言う人いるじゃないですか。別にその人が自分のお金で整形して幸せなら、それでいいと思うんだけど、「どうせ偽物」とか

「こっちはメスを入れずに頑張ってるのに」とか言う人がいる。

雨宮　メス入れたのがうらやましいなら自分も入れるべく努力してお金を稼ぐ、入れない主義なら他人に文句は言わない、の二択しかないですよね。

小島　テレビで観たんですけど「私は生まれながらの美人です。でも最近、整形美女が増えてきたので、私まで整形だって言われたり、私の美人度が平凡なものになってきてる。あの整形女達のせいで、天然美女である私の含み損が増えてる。ホント迷惑です」っていう人がいたんです。もう私、驚愕して。

雨宮　それすごいですね（笑）。「養殖が増えたことにより、天然の私の価値が下がって迷惑です！」と。

小島　でも、その主張は間違ってる。つまり、その人ってコスト0でしょ。なんの努力もしてない。それよりは自腹切って、整形っていう誹《そし》りまで受けた上で美人でいる人の方が偉いじゃんって私は思っちゃったんですよ。

雨宮　努力で成り上がってるわけだから、好感持てますよね。でも、美しさというジャンルっていちばん「女の努力に男が引く」ジャンルかもしれない。アイドルが整形したとわかった瞬間、「絶対に前の方が自然でかわいかった」って言う人とか、めちゃくちゃ多いですよね。それを味方につけて「男に受け入られるのは私の方なのよ」って言いたい人もいると思う。

小島 そこでも結局「努力せず、元から幸運である女の方がエライ」と思ってるんだよね。だから「天然ものなのよ！」って言いたい。でも、天然ものでも、トシとればシワ出るから。

雨宮 私もここ（眉間）にそろそろ注射打ちたいですよ。

小島 天然美人だろうと何だろうと、トシ取れば若い子が好きな男は去っていく。だからあんまり、天然かどうかって言ってもしょうがない。私も頬にでっかいシミがあったんで、レーザーで取ったんですよ。痛いのがすごく苦手なので、あまり痛いことはしたくないんだけど、もし50代になって、毎日化粧に長い時間がかかったり、メイクさんがクマ消しやシワ消しに苦労するぐらいだったら、引っ張って縫うかも。

雨宮 私も、鏡見るたびに気になって落ち込むような部分が出てきたら、注射の1本や2本、打ってみようかなと思いますね。

小島 その人が人生をより快適にしようとか、痛み苦しみから逃れようと思って必死に努力することを、なぜ横から「もっと苦しんでいろ」とか「痛みから逃れるな」とか言うんだろう。

雨宮　みんな絶対、ラクになった方がいいに決まってるんだけど、ラクできる人数の定員が決まってるように感じてる人が多いんでしょうね。「誰かがその席に座ったら、自分が座れなくなる可能性が増える」って、イス取りゲームみたいに思ってるのかも。自分もラクになりたいけど、人がラクしてるのを見てると、「私はあの船に乗れないかも」って不安になってくるのかもしれないですね。

美人もブスも顔は選べない

小島　雨宮さんの本を読んでて、お顔を存じ上げなかったんですけど。そんだけ美人でよく自分をブスだと思い込めましたね。

雨宮　本当にひどかったんです。ニキビがひどかったというのと、若くて顔がアンパンマン並みにパンパン、テカテカだった（笑）。そのことで、正統派なファッションは似合わないと思いこんで、髪型とかがどんどん奇抜な方向にいくんですよ。

小島　まずいまずい（笑）。

雨宮　マックスまずい状態になってたのが高校〜大学ぐらいで、前髪をおでこの真ん中でぱっつんにしちゃったり、アフロっぽくしたり坊主にしたりっていう相当まずい状態っていうか、もうアウトですよね（笑）。そのアウトな状態で卒業アルバムに載ってるので、それ見ると「よく頑張って生きのびてきたね」って自分に温かい言葉をかけてやりたくなります。

小島　私もファッション、イタかったんですよ。周りがみんなシブカジとか着てる時代に、ひとりだけバブル世代の姉のお下がり着てて。アンドレ・ルチアーノのすごいジャケットとか着ちゃって、みんなに「慶子ちゃん、その服、目に刺さるような緑色だけど、どうしたの？」って言われたり（笑）。

雨宮　自分では、その服を着てることに疑問はなかったんですか？　むしろ好きで着てたとか？

小島　単にみんながどこで服買ってるのか知らなかったのよ。みんなレイビームスの巾着型のピンクのショップバッグにプールの道具を入れて学校に持ってきてたんだけど、私だけ「レイビームスってどこにあるの？　多摩にはないよね？」みたいな状態で。

雨宮　高校ぐらいだと、ショップのバッグで主張するんですよね。私のころでもまだ持ってる人いたな（笑）。男子はビームス、女子はレイビームス。

小島 どうも渋谷にあるらしいってわかって、渋谷まで行ってはみたのね。「みんなと同じ、レイビームスとかで売ってる、男の子が着るようなダボッとした感じでかわいい、紺色のVネックのセーターが欲しい」と思って来たんだけど、どの店に入ったらいいのかわかんないし、スペイン坂とか超怖くて、ついタカキューに入っちゃったんですよ。

雨宮 渋谷まで来たのに、ある意味、多摩よりひどいところにたどり着いてしまった！

小島 いい感じの紺色のセーターを買うはずだったのに、そこで目の覚めるような群青色の……。

雨宮 スペイン坂来たんだったら、そこ上がってパルコ入りましょうよ！

小島 パルコとかおしゃれすぎて怖くて入れないのよ。

雨宮 確かに、私もいまだに渋谷自体がちょっと怖い（笑）。田舎者には渋谷とか原宿って怖いんですよね。新宿がいちばん落ち着く。

小島 そのころのファッションは超イタかったですね〜。写真とか残ってて、もう本当にひどい（笑）。

雨宮　私もひどかったですけど、でも、周りのコ達がみんな似たような格好してるくせに、ラルフだとかアニエスだとかセコい範囲のセンスで優越感のゲームやってるのもバカバカしかったですよ。

小島　ガングロが流行ったときに、全てを塗りつぶして美醜の区別すらつかなくすることによって、全てを平準化させて生きのびた女子達がいたじゃないですか。

雨宮　まぶしかったですね。男の視線を気にしない潔さ。「私達、モテるとかどうでもいいから」「楽しいからやってるだけ！」みたいなあのノリは。

小島　当時、（ヤ）マンバとか言ってた人達ね。

雨宮　モテなくても全然負けてる感じがしない。人生をすごい満喫してる感じがして、カッコよかった。

小島　でもその中で、化粧を落としてみたらやっぱりかわいかった、道端アンジェリカ（笑）。

雨宮　ああ……！　つらい現実ですよね。あれはきつい。私世代だと、篠原ともえのシノラーファッションという、カラフルな小物とかのオプションをつけまくることによって、やはり顔を目立たなくするファッションがあったんですけど、オプション取ってみたらやっぱり篠原ともえも美人だったという例がありました。

小島 でも、アンジェリカさんの話を聞いたら、6つ上のお姉ちゃんがモデルで大成功で、ひとつ上のお姉ちゃんも正統派モデルで大成功で、自分はモデルやってみたけど、一度辞めてるんです。それで「私なんかだめだ」ってコンプレックスの塊になってたときにギャルをやってたら、「ギャルでもいいからモデルになって」って言われて、ギャル読者モデルをやったら人気が出た。そこで初めて「私でもいいんだ」って自分を認めることができて、そしてギャルを辞めるんですよね。

雨宮 いい話すぎて、聞いただけで泣ける……。

小島 そこでやっとギャルの武装を解除して、普通のモデルになるわけです。

雨宮 「普段の自分でもいい」ってやっと思えて、武装解除できたんですね。

小島 とってもいい話なんですけど、武装解除するとただのブスになる女にしてみると、ものすごく切ないわけですよね。

雨宮 確かにそこはつらいですね。メイクしてるときまではすごく共感してたのに、武装解除して普通の美人になった瞬間「私達とは全然、素地が違ってた！」って。

小島 あのときの平準化は、見せかけだったんだって。

雨宮　「仲間だと思ってたけど、仲間じゃなかった！」みたいな。きついなと思うのは、本人が感じている意識と、周りがジャッジしている価値との間にズレがある場合。アンジェリカさんはその顕著な例だと思いますけど、本人的には「私はキレイじゃない」って心の底から思い込まざるを得ない状況が実際にあったわけですよね。すごい美人が2人も家の中にいて、自分はすごく姉達に対してコンプレックスがあってつらかったのに、周りから見たら「そんなこと言ったってあんた美人じゃん。なに凡人みたいに苦しいフリしてんの？」って思われる。アンジェリカさんの悲しみや苦しみは、誰も理解してくれない。

小島　でも実はそれは、誰からも見向きもされない最も地味な部類の女の子が抱えてる痛み苦しみと、つらいってことにおいては同じなんですよね。痛みは当人にしかわからないわけだから、アンジェリカさんの舐めてきたコンプレックスっていうのがどのぐらいの痛みなのかなんて数値化できないし、そのうえ人と比べることなんかできないのに。

顔って、美人も不美人も選べないんですよ。抽選みたいなもの。なのに美人に当たっちゃった人に「美人だから苦しんでないだろ」「不美人に当たった私をバカにしてんだろ」っていうのは、理不尽なことだと思う。あんたも私も同じように、誰も顔なんか選べないよって。

雨宮　私、そういう女の断絶ってすごく気になるんですよ。美人だ・美人じゃないもありますけど、若い・若くない、結婚してる・してない、彼氏がいる・いない、出産した・してないで、すごく断絶していく瞬間がある。同じところにいたときは、キャッキャッて同じような話で盛り上がれたのに、急に条件がひとつ変わった瞬間「向こう岸のやつ」みたいな感じになったり。

小島　あれは厳しいですよ。今、友達ほとんどいないですよ、私。

雨宮　断絶に次ぐ断絶で？

小島　うん。女は若いときから、美醜とかモテとか仕事とかで、ものすごく厳しい彼岸がいくつもあって、自分がようやくそのひとつの彼岸に渡れたとなると、今度はこっちに来ようとしてるやつをなるべく来させないようにしたり、ほかの彼岸に渡ろうとしてるやつの足を引っ張ってみるっていう心理があるんじゃないかかな。

女の優越感レース

小島　女の断絶で思い出したんですけど、恐ろしい出来事があったんです。よく顔を合わせる女性の中に、結婚はされてるけどお子さんはいない、という人がいたんですね。その人以外はみんな出産してた。その人は「子どもがいないから自由でいいのよ。別にいらないし」なんておっしゃってたんですけど、その後出産されたんです。その途端「子どもがいない女ってさ〜」って言い始めた。

雨宮　宗旨変えだ！

小島　「子どものいない女って、ものの見かたが狭いしさ〜」って言い始めて。それを見て私、ぞーっとしたんですね。

雨宮　いままで溜め込んできたものがあったんでしょうね……。

小島　その方が1人産んだとき、ほかはたまたまみんな2、3人産んでたんです。そしたら、2人目を妊娠して、流産されたんですね。みんなで「残念だったね。きっとまた来てくれるよ」って言ってたら「でも私、時間がないのよ。だってあなた達みんな、2、3人産んでるでしょ。私だけまだ1人だもん」って。それを聞いたときに「この人、そんなことのために子どもを産むの？」ってまたぞーっとして。

雨宮　誰も見下してなんかいないのに、見下されてるみたいに感じるんでしょうね。

小島　私はその後、その方とは縁が薄くなってたんですけど、仕事の打ち合わせの最中に偶然会ったんです。そしたらツカツカと近寄ってきて、私の耳元で「私、3人目妊娠したから」って言ったんです。打ち合わせ中にですよ？　私、なにをされたのかわからなくて。

雨宮　まるで復讐のようなセリフ……。

小島　彼女は「あなた最近忙しいみたいね。私、もうすぐ産休なんだ」って言って、立ち去ったんです。でも、あとでよく考えてみると「あんたは仕事がうまくいってるからちょっとムカついてたけど、私は3人目だから、あんたより1人多く生んで、子どもの人数でいえば勝ち。仕事ではイケてるつもりかもしれないけど、子どもでは私の勝ちだってことを覚えといてね」ってことを言いに来たんだってわかって、三たびぞーっとした。

雨宮　仕事の成功とか出産が全部「勝ち点」で換算されてるんでしょうね。仕事の勝ち点では負けてるけど、出産の勝ち点ではこっちが勝ってる、という。

小島　誰もしていないレースを、彼女だけがしてたんです。別に私達は走ってないのに、勝手に走らされてて、挙げ句の果てに勝利宣言。犬におしっこかけられてる電柱の気分ですよ、こっちは。

雨宮　黙って立ってるだけだったのに、勝利宣言されてしまって（笑）。

小島　でもそういう風に、ひとりでレースやってる女の人って多いんじゃないかなと思いますね。レースをしたくないけどしてると思い込んでるのか、それともレースをしていないと生きてる気がしないのか、微妙なところだと思う。

雨宮　レースの充実感ってありますからね。男の人の仕事人生って、わりとそういう感じに見えます。

小島　今は女も同じになってますよね。私、ママ友ってほとんどいないんですよ。怖いからあまり作らないようにしてる。

雨宮　ママ友が怖い（笑）。発言小町的な世界に巻き込まれそうで……。

小島　それは怖すぎるでしょ。ママ友の中には、子どもを産んだとなると、どこの病院で産んだかとか、自然分娩か帝王切開かとか、そういうどうでもいい話にこだわる人がいるんですよ。

雨宮　育児も流派があるんですよね。完全母乳にするとか、布おむつか紙おむつかとか。

小島　離乳食は手作りじゃないととか、肌着はオーガニックのコットンじゃないととか……どうでもよくないですか？　私、貧乳のせいなのかわからないけど、母乳の出があまり良くなくて、長男のときはミルクに切り替えたんです。次男に至っては「初めて体に入るものは母乳にしよう」って思ってたのに、朝起きたら病院の人に「ゆうべ、ミルク飲ませておきました」って言われて、寝てる間に母乳バージンが奪われてた（笑）。

雨宮　もう経験しちゃったんですね。それはもう……こだわりようがない（笑）。

小島　それでどうでもよくなっちゃって、もうバンバン混合乳だったし。離乳食も、苦労して作っても食べないのに、キユーピーはもりもり食べるからバンバンキユーピーで育てたし。着せるものも、ネットショップで間違った英語が書いてあるやつとか、明らかに有名キャラのパクリっぽい絵が描いてあるのとか買って着せてた（笑）。そういうのばっかり着せてると、ユニクロでも高級品に見えるんですよ。だから「子どもにはボンポワンしか着せません」みたいな人を見てると、けっこうびっくりするんですよね。どうだっていいじゃないですか。その子の価値と、そのお母さんのセンスは関係ないし。

雨宮　何か、どれだけ育児にこだわっているかということが、徳を積んでくシステムみたいになっていきますよね。

小島　そうなの、まさに徳を積んでく感じ！　「自分がいかに功徳を積んでるかっていうことを、あなた達はどこの仏に証明したいと思ってるの？」って思っちゃう。

雨宮　手間ひまお金をかけてるっていうことが、すごい徳を積んでることになるんですよね。いいお母さんとしての徳。でも、いかに手間をかけたかっていうことと、いかに優秀な子どもに育つかっていうことは比例しないと思うんですよ。すごい頑張って幼稚園受験とかしてるのに、ひょっこり普通の公立行ってるような人の中から「うち、塾にも行かせてないけど、なんか東大受かっちゃったんだよね〜」みたいな人が現れたりするわけでしょ。

小島　いますよね。そのときに「こんなに頑張って育てたのに」って、いわれのない恨みつらみが生まれるわけじゃないですか。そんな気持ちになるぐらいだったら、そんなレースを自作自演しなければよかったのにって思うんですよね。

雨宮　でも、私は産んでないから他人事として冷静に見れるけど、実際に周りのママ友がいい服着せてたり、離乳食にこだわったり、幼稚園受験させてたりしたらけっこう焦りそう。「自分だけちゃんとしてない」って落ち込んだりもしそうです。

小島 いかにそういう仕掛けられたレースをかわしていくか、っていうことを大事にした方がいいと思いますよ。仕掛けられたレースに全部のっていくと、女の人生はレースを仕掛けられっぱなしですから。

雨宮 そしてそのレースにのっかっちゃうと、女同士の断絶が始まるという負の連鎖が……。

小島 独身で子どもがいなくてっていう生き方だと、今度は「じゃあ仕事がどれだけできるの？」とか、「男にどれだけモテるの？」とか、「美貌をどれだけ維持してるの？」って、またレースを仕掛けられ続けるわけじゃないですか。

雨宮 勝てる気のしないレースですね。敗北感だけがつのっていく。

小島 20年前の自分の写真を見ると、若いけど超イタいんです。でも「超イタい20代の自分より、今年40であちこちたるんでるしシワもあるけど、今の自分の方が好き」と思えて「20年頑張ってよかった」と思う。レースから降りれば、そういうところでもけっこうハッピーですよ。

水着グラビアと男の欲情

小島　雨宮さんの『女子をこじらせて』を読んで「え？　男顔？　貧乳？　ニキビに悩んでた？」って、私とかなり共通項が多いんですよ。それで「貧乳なんだ……」って、会う前から勝手に共感してた（笑）。私、いまだに貧乳がコンプレックスで、一時期、服をきれいに着たいというのと、あと自尊心のために、ちょっと豊胸を考えたんです。でもやっぱり体に物を入れるのは怖いから、せめてクランスの乳美容液を「ハリが出たかも」とか言いながら塗り続け、今でも地道に塗ってるんですけど、相変わらず貧乳。いまだに「私に胸があったら絶対人生は変わったはずだ」って考えちゃう。夫は「もし君にいい乳がついていたら、君はろくでもない女になっていた」って言うんですけど。

雨宮　「乳さえあれば無敵」とかいう思想を持ってる私達のような女がいい乳を持ってたら、確かにろくでもない感じになってるかも。

小島　「君のその過剰なエネルギーがなんとか道を踏み外さずにここまで来てるのは、神が君に乳を与えなかったからだ」って夫は言ってる。

雨宮　私、この「巨乳至上主義」の精神状態でもし乳があったら、乳があるっていうことだけですごい調子に乗ってたと思います。貧乳のこととか、もう「かわいそ〜」とか言ってるはず（笑）。生きててなんにも反省しないと思います。性格とか顔とか自分の欠点を全部棚に上げて「でも私、乳があるんで」って思っちゃいそう。

小島　でもやっぱりいまだに、胸の開いた服とか着たときに思うのよ。「もしあったら……」って。写真集を出したのも、あえて「こんなに乳がなくて、こんなに潮の引いた干潟《ひがた》のような女でも、大丈夫なんだよ」と言いたかった。

雨宮　あれは本当、嬉しかったです。勇気づけられました。

小島　ほんと？　ありがとう！　よかった。「実際、女ってこんな程度でもいいんじゃないの？」って言いたかったんです。

雨宮　あれ、私だったら絶対、往生際《おうじょうぎわ》悪くパッド詰めたと思う。

小島　一応、形を整えるためにヌーブラは詰めてんのよ。でも、やっぱりあばらとか、ワキに寄るシワとかが、胸のある人とは全然違う（笑）。それを見て編集さんと「人が『醜い』とか思うのを通り越して『自分もいつか死ぬんだな……』っていうことを想起させるような写真集にしてはいけない」って話し合って。

雨宮　メメント・モリ的なことを思い起こさせる水着写真にしてはいけないと（笑）。

小島　水着で死の恐怖とかを与えてはいけないので、メメント・モリにならない範囲での修正はしましたけど。それ以外の、女としてはどうかと思う干潟とか、尻のシワとかは残したの。それは女としては見苦しいんですけど、でも、99・9％の男はそういう普通の見苦しい女に欲情して、恋愛して結婚してるんですよね。商品になる女というのは異端で、異端だから消費される価値があるわけですけど。異端でない、見苦しい女のひとつのサンプルを「これ別に珍しくないよね？」って出すことをやってみたかったんです。

雨宮　今は女が商品化されすぎてるから、私もそうだったんですけど、商品化された見られる職業の素晴らしい容姿の人達を見て「女というのはこういうものでなければならない」っていう思い込みが強くなりがちなんですよね。街中を見ればそうでないことはわかるはずなのに、ものすごい高い位置の人と自分を比べて「こんなんじゃダメだ」と思い込む。

小島　街を見た方がいいですよね。私ビキニになったんですけど、普段からビキニ着てたんです。「いやー勇気ありますよね、ビキニ写真」って言われたけど、普段から着てるし、40歳のビキニなんてプールに行けばいくらでもいる。「誰かが見てオナニーするかもしれないのに、いいんですか？」って言われたりもしましたけど、服着てたって、オナニーする人はしますよね。

雨宮　自分の意識では普通でも、世間では「あの小島慶子が水着に！」ってババーンと見出しにされちゃう感じですからね。

小島　私、いまだに思い込みがあって、水着の写真集を出しても、どこかで「生身の私には、誰も欲情しないに違いない」って思ってるの。雨宮さんの本を読んでたら「貧乳でも、熟女でも、不美人でも、欲情する男はいっぱいいる」って書いてあって「本当にそうなんだ」と思った。

雨宮　AVにはあらゆるジャンルがありますからね。どんなにニッチな好みでも、それしかダメ、それにしか興奮できないという人にとっては、それが至上なんですよ。

小島　やっぱりそう言ってもらわないと、どうも不安な感じがまだあるんですよね。結婚もしてるし、どうやら夫は私のことが好きらしいってこともわかるのに。

雨宮　それと自信とは別なんですね。

小島　うん。巨乳じゃなきゃ欲情してもらえないなんてことはないって、頭ではわかってるのに、それでも「私なんて女は、超もの好きの夫にたまたま出会えたからよかったけど、一般的には欲情の対象じゃないに違いない」と思い込んでるところがあるの。だから「そんなことないよ」って言ってもらえると、なんだか認められた気持ちになる。雨宮さんの本は私にそういう影響を与えて、私の写真集が雨宮さんを「こんな貧乳でもいいんだ」と勇気づけたというのは……なんだ、この互助会みたいな関係は（笑）。

雨宮　互助会的にやっていけばいいのかもしれないですよね。断絶してる部分も。

小島　そうかもね。蜷川実花さんがおっしゃってたんですけど、「女は綺麗で、結婚もしてて子どももいて、しかも仕事もバリバリできて、全部揃ってないと勝ちじゃないみたいな思い込みに縛られてる人がいるけど、私は結婚もして子どもも産んでるけど、子どもがいなければできた仕事なんていくらでもある。子どもがいなければこれができたのになと思ったことだって何度もある。だから、子どもがいて仕事ができてるから私の方が勝ちなんて全然思わない。もちろん子どもはかわいいし、産んでよかったと思ってる。でも、だから子どもを産んでない人より幸せなんて、一言では言えない」っておっしゃってて、私もまったく同感で。私、ときどき、夫の前で「子どもがいなければ」って言うことがあるんですよ。子どもは大好きよ。かけがえのない大切な存在ですけど。でもやっぱり「子どもがいなければな」って思うときはある。例えば子どもが熱を出して、どうしても仕事に差し支えがあったときとかね。思わず言ってしまうときって、やっぱりある。そういうのを「言ってもいい」「言える」ってことが、時として人をラクにすると思う。欲しかったけど子どもができなかった人も「私、いま好きなときに仕事ができてるけど、子どもがいたらこのプロジェクトができなかったかもしれない」っていう考え方だってできるかもしれない。どんな状況にある人も、自分のあるがままを実況していった方がいいと思うんですよ。いい面も、悪い面もね。いい面はどんどん言った方がいい。でも、悪い面を覆い隠して、いかに自分がうまくやってるかっていう品評会みたいになってるのはキツい。

雨宮　女性誌とかそんな感じがありますからね。女優さんの老けた顔は出てこないし、つらい経験もなかなか出てこない。小島さんの水着写真って、私はすごく「女の先輩としての心意気」を感じたんですよね。その「先輩感覚」って、自分も少し出てきた気がするんです。下の世代に「ああはなりたくない」って思われてるかもしれないけど、例えば結婚していなくて「私、これからどうなっちゃうんだろう」って不安に思ってる人に、私が楽しそうに見えたら「独身でも楽しそうに生きてる人っているんだな」って思えるかもしれないじゃないですか。

小島　説得力ありますよね。実物を見るって。

雨宮　99%の人に「結婚できないみじめな嫁《い》き遅れ」って思われても、1%「ああ、こういう人もいるんだな、私も大丈夫かもしれない」って思ってくれる人がいたら、頑張って楽しく生きてるかいがあるかな。

小島　同感です。まったく同じ気持ちで、いま人前に出てます。私を嫌いな人も、不愉快な人もいるかもしれないけど、「なんだ、歳とるのも悪くないな」とか「なんだ、あんな考えもあるんだ」とか、そう思ってくれる人が100万人のうち1人でもいればね。

雨宮　その人はすごく自由になれますよね。

小島　人前に出てできることってそれぐらいしかないのかなと思いつつ、それができるなら、出ていようかなと思うんですよね。

〔☞ 2012年5月29日収録〕

×おかざき真里

恋愛とは
仕事である

PROFILE

おかざきまり

1967年長野生まれ。関西育ち。多摩美術大学卒業、博報堂制作局入社。デザイナー、CMプランナーの仕事に携わりながら漫画家デビュー。2000年、結婚を機に退社。現在3児の母。代表作に『渋谷区円山町』(集英社)、『サプリ』『&—アンド—』（ともに祥伝社）等。

「恋愛と仕事」じゃなく「恋愛は仕事そのもの」

雨宮　私は前々からおかざきさんのファンで、いろいろお話をうかがいたいのですが、まず、『サプリ』でも『&』でも仕事と恋愛ということが重要なテーマになっていますよね。おかざきさんの中で、そのテーマはどういう意味合いを持っているのでしょうか。

おかざき　女の子にとって、恋愛って仕事そのものじゃないかと思うんです。『サプリ』は「女子は全員、真面目である」という、ただそこだけを信じようと思って描いたマンガなんですけど、真面目に恋愛をしようと思ったら、目の前にいる人と一生涯を共にしようと思って恋愛することになるわけじゃないですか。そうすると、恋愛ってすごく重要な仕事の一部、要するに「生涯どう生きるか」っていうこととイコールになる。「どう仕事するか」と「どう生きるか」はイコールですけど、「恋愛をどうするか」っていうのも、やっぱり「どう生きるか」とイコールだと思う。「恋か仕事か」なんてよく言われるけど、そんな「恋愛か仕事か」なんていう話じゃないと思うんですよね。

雨宮　衣・食・住みたいな感じで、「衣・食・住・仕事・恋愛」っていうのが、生きる要素として全部絡んでくるということですよね。『サプリ』のなかですごく印象的な場面で「恋愛にふり回されてる場合でもないかもしれない。でもじゃあ、女子の人生としてさ、今、何をしている場合なんだろうね？」っていうセリフがあって。確かに毎日、全てのことが重なり合っていて、仕事も恋愛もほかの出来事もいつどのようにやってくるか、自分ではコントロールできない。常に複数のわらじを履きながら、全部やっていかなきゃいけない状態ですよね。

おかざき　そうですねえ。私はできれば、仕事も恋愛も——恋愛はあんまりおすすめしないですけど——できるだけ選択肢をたくさん持ってる方がいい気がしてるんですよ。女の子って常に変わっていく生き物で、結婚したり出産したりもあるし、もちろん名前も変わる。どんどん変わっていくときに、何かひとつしか持ってなかったら、大変じゃないですか。

雨宮　飛び移る足場がもうほかになくなっちゃう。

おかざき　そうなんです。だから、生きていくためには、いっぱいたくさん持ってる方が私はいいなと思うんですよね。

雨宮　貯金を複数の銀行に分けて預けるみたいな……？

おかざき そうです。いざというとき、銀行って1千万円しか保証してくれないんですよ（笑）。怖いでしょ？

雨宮 リスクを分散するというか、いくつか足場や逃げ道、行き先を作っておくという感じですかね。

おかざき 逃げ道ってすごく大事なんです。私は博報堂に入社したときに、最初にいろんな先輩がお話ししてくださったんですけど、そのときに「逃げ道について」という話をされた。そのときは若造だったのでピンときていなかったんですけど、確かに逃げ道をいっぱい持ってると、倒れずに済むんですね。

雨宮 おかざきさんは『サプリ』の中で人の死を描かれてますよね。恋愛や仕事の危ういバランスの中にふと死に繋がる部分があって、ほんの少しバランスを崩しただけで簡単に終わるんだっていうことが描かれていますが、それは、おかざきさんもお仕事をされてて実際に感じたことだったんですか？

おかざき そうですね。会社に行ってると、本当にびっくりするぐらいそういうふうに脱落する人もいる。だから、生きるための運動を描いてるんだったら、死のことも描くべきかなと。でも、あれを描くかはけっこうギリギリまで迷ったんです。やっぱり人の死を扱うのって、それなりに生きる運動をちゃんと描いた蓄積がないと、比重として描けないと思っていて。10巻まで続けられたから描けたっていうのはありますね。1巻や2巻で終わるような連載だったら描けなかった。

一本道で生きていくのって、不可能なんじゃないかと私は思ってるんです。成功してる人、例えばイチローとかを見ると、ずっと一本道でやってきてるように見えると思うんですけど、たぶん実際は相当たくさん逃げ道を持ってたんじゃないかと思うんですよね。でないと倒れちゃうと思う。

雨宮　おかざきさんも周りから見ると、ずっと博報堂でお仕事されてて、あとは漫画家一本みたいな、一本道といえば一本道に見えますよね。

おかざき　見えますけど、私は相当人生ぐねぐねしてますよ。

雨宮　そのへん、ぜひお聞きしたいです。

おかざき　私、本当だったら造り酒屋の13代目を継がなきゃいけない身だったんです。でも親に「お前は継がんでいい」って言われたんですよ。まずそこで生まれを否定されてる。親は「真里ちゃんは体が弱いから、薬剤師さんになって、お医者さんと結婚して」って言ってたんですけど、これがまた全然勉強ができなくて、薬剤師はムリだと（笑）。だから、高校のころにすごいバイトをして、高校卒業時点で150万円ぐらい貯金があったんですよ。

雨宮　すごい！

おかざき　それ持って「東京行ってくる」って、勝手に美大を受けて合格して、サブカルを謳歌して。サブカルを謳歌したのに、一般企業に入り……。

雨宮　バイタリティありすぎてマンガみたいな人生ですね（笑）。造り酒屋から美大もかなりのカーブですけど、サブカルを謳歌してたのに博報堂って超一流企業に入ってるあたりもものすごい急カーブのような……（笑）。

おかざき　で、会社を辞めて、出産して、漫画家。代表作と言われてる『サプリ』が出たのは出産後なんですよ。だから『サプリ』を描いてるときは、ほぼ3分の1は妊娠していて、半分は授乳していて、最初から最後までおむつを替えてました。

雨宮　すごすぎる……！

おかざき　自分が倒れずにいられるのは、歳をとると、本当に途中で倒れちゃう人をいっぱい見ちゃうんですよ。それはやっぱり「逃げ道がなかったんだな」っていう感じがある。

女子は全員「こじらせる」ものである

おかざき　私、ようやく最近フロイトがわかったんですけど、女の子って、全員こじらせるものなんですよ。

雨宮　どういうことですか？

おかざき　ある人がフロイトをわかりやすく解説してくれたんですが、その人の言葉を借りて言うと、赤ん坊の口唇期ってありますよね。そのときに初めて愛情を受け渡しするじゃないですか。つまり、男の子は、初めて愛情を交換するのが異性なんです。女の子は、初めて愛情を交換するのが同性。女の子は最初に同性とキャッチボールしちゃうわけです。男の子はそのまま大きくなるんですね。反発はあるんですけど、原体験がずっと変わらないのでブレないんです。女の子は、本来なら次は父親にいかなければいけないんですけど、そのときに、私達の父親世代なんてみんな忙しくて家に居やしないじゃないですか。だから、異性との原体験がないまま、父親に承認を受けないまま社会に放り出される。その次に承認してくれる相手は恋人であるはずなんですけど、そこで遊ばれてしまったり、つらい経験をしてしまうと、一生……。

雨宮　一生こじらせる……！　その話、すごいですね。

おかざき　だから、女の子は、生き物として基本的にこじれやすい。

雨宮　私、それダブルで当てはまってる（笑）。父親は私に対してかなり躾《しつけ》が厳しかったし、思春期以降はものすごく否定的だったので。そして恋愛でも……。

おかざき　最近は、非モテがブームじゃないですか。非モテの人って承認期間がなかったり、まして親からも愛されてないかもという不安があったり、非承認の期間が長いのがつらいわけですよね。でも、非モテじゃなくても、男の子と付き合って別れた人も、別れるときに非承認を得るわけですよ。

雨宮　失恋による非承認って死ぬほどつらいですよね。もしくは、非モテじゃなくてずっと男の人が切れないんだけど、本人は「誰と付き合っても長く続かない」「ちゃんとした関係を築けない」という挫折感を持ってる場合もある。そう考えると、「幸せな恋愛」っていう形はすごく難しいですよね。私はそのせいで全体的に早婚願望が強まってるのかなと感じます。恋愛で傷を深めていくより、早めに「この人」という相手を見つけて早く結婚する方が、幸せな人生に思えるというのはよくわかる。

おかざき　私は、恋愛というものはこの世にないと思ってるんです。

雨宮　えっ、どういうことですか？

おかざき　恋愛っていうものは、商品であると思っているんです。要するに、こじれてうろうろしている女の子達に向けて、世の中が用意するものが恋愛。「ほら、これが恋愛だよ」「モテ服だよ」みたいな感じで、女の子に売りつけていくものだと思う。女の子は承認を受けたい生き物なので、それについつい手が出ちゃうんです。私は少女マンガを描いているので、もちろんその商品の片棒をかついでいるわけなんですけども。恋愛もなく結婚をして、早くに夫婦としてタッグを組むのは、私はすごくいいことだなと思います。

雨宮　生活としても、気持ちの安定の問題としても、それがいちばん効率がいいとは私も思います。思うのが遅すぎましたけど（笑）。それでも恋愛っていうのをしている人、実際の生活の中に恋愛がある人っていうのは、どういうものなんですかね。商品が先にあって、商売に振り回されてる状態なのか、それとも、恋愛感情に近いなんらかの感情があって、それが商売に取り込まれていっている状態なんでしょうか。

おかざき　かわかみじゅんこさんの単行本に「恋と思い込みって、どう違うの？」っていう煽りがついてて、すごくいいと思ったんですけど、その問題って難しいですよね。私とか特に、別れると大嫌いになるタイプなので……（笑）。

雨宮　別れた瞬間、宝物がごみ屑になっちゃうみたいな。

おかざき　そうなんですよ。昨日まであんなに大好きだったのに。

雨宮　「なにがあってもこの気持ちは変わることがない」とか思ってたのに。

おかざき　自分がいちばん信用ならないですよね（笑）。男の子ってけっこう、女の子の「顔が好き」とか言うじゃないですか。ちゃんと、変わらないところを好きって言う。自分の気持ちなんていちばん変わりやすいし、それほどはっきりしないものはないんだから、顔とか変わらないものを「好き」って言ってる方が、まだ信用できますよね。

雨宮　変わらないものを基準にした方がいいんですかね。思い込みに頼ると危険だと……。でも、たいがいは恋愛って思い込みの要素が強いから、その中でいいパートナーを見つけるのって、すごく難しい気がするんですよね。おかざきさんはどうやって、いまの旦那さんを……？

おかざき　え〜!?（笑）。

雨宮　『新婚さんいらっしゃい』みたいですみませんけど（笑）。

おかざき　うちの旦那が、私のマンガのファンだっていう女の子と会ったらしいんですけど、その子が「『この人は……誰？』という違和感がずっと拭えなかった」って言うくらい、旦那は私のマンガの世界とは違う人ですね。

雨宮　おかざきさんのマンガに出てくる男の人、かっこよすぎますからね。

おかざき　そりゃあ少女マンガですからね。

雨宮　どういうところを見て「この人と結婚したい」と思いました？

おかざき　なんだろう。ただ「この人と子育てをしたら面白いだろうな」と思ったんです。

雨宮　ああ、恋愛と違う基準を持ち込むと、はっきりするかもしれないですね。

おかざき　結婚の価値は人によって違うと思うんですけど、私なんかはある程度自分で稼げて、自分ひとり分ぐらいは食べていける感じだったので、「結婚する意味ってなんだろう？」と考えたときに「やっぱり子育てかな」というのが出てきたんです。だから「子育てをする相手としては、この人かな」っていう感じですね。恋愛とかではなかったです。

雨宮　なんてキッパリした選択……！

おかざき　ただ、男の人は違うらしいですよ。原体験があるので、男の人は、惚れていないとだめなんですって。そこがすごく難しいところで。

雨宮　ええー！　こっちが冷静に判断するだけでも難しいのに、さらに惚れさせないとダメって……。いやまぁ普通か。普通は惚れてないと結婚しないですよね。

おかざき　私、男の人はマザコンでないと信用ならないと思ってるんですけど、「俺の中のママ」の部分をクリティカルヒットできれば、肉じゃがみたいなもんで一本釣りできるかもしれないですね。『サプリ』の中で「一度ついた〝ママ〟の色は妻じゃとれねーよ」というセリフを書いたことがあるんですけど。やっぱり、ずっとこびりついてはいますね。

雨宮　ママの影が。

おかざき　反発していようがなんだろうが、ひとつの基準ではあると思います。

雨宮　女の場合はそれとは違うところを見てますよね。父親と似てる人と付き合うみたいな人もたまにいますけど。

おかざき　私は、パパ大嫌いだったから（笑）。それが高じて、年上が一切だめでした。

雨宮　私もファザコン的な感覚は全然わからないです。父を倒して家を出てきた娘は、父とは付き合いたくないんですよね。嫌いになって別れた元彼に近い感覚なのかもしれないし、育ち方として、娘じゃなく息子の育ち方に近いのかも。父を乗り越えて大人になるという。

仕事の努力、恋愛の努力

雨宮　おかざきさんは、学生時代から一貫してすごく働き者ですが、途中で働くのが嫌になったりしたことはなかったんですか？　私はけっこう「しばらくなにもしたくない」みたいなときもあるんですけど。

おかざき　なかったですね。いまだにないです。最近、子育てのときは、あんまりなにもしないようにはしてるんですけど。電車に乗っててもずっと指で絵を描いてるんですよ。マンガ描きたくて。

雨宮　うわー、来ましたね。手塚治虫伝説ばりのエピソード。

おかざき　ちがうちがう（笑）。

雨宮　こういう漫画家さんのすさまじいエピソード、大好きです！

おかざき　娘に「おかあさん、なんかまたやってるね」って指摘されて、「あ、ああ……」みたいな。「今、手の曲がり具合と肘の付け根のシワを描いていい感じのとこなんだよな」みたいな。

雨宮　おかざきさんは、ツイッターを見てると夜中の3時とかに「起。仕事。」とツイートされてて、あれを見ると震えますよ。「私、ずっと起きてるのに全然進んでない！」って。「おかざきさんが起きて仕事してるのに、まだ寝るわけにはいかない！」という気持ちに……。ずっと、あんなペースでお仕事されてるんですか？

おかざき　会社に行ってたころは……。

雨宮　もっとですよね？

おかざき　そうです。『サプリ』の藤井と同じ仕事をしてて、マンガの連載もしてたんで。朝4時に家に帰って、顔も洗わず7時まで仕事して「寝なきゃ」みたいな。

雨宮　それは、仕事が面白くてたまらない感覚なんですか？

おかざき　なんなんでしょうね。小さいころから「家を継ぐ／継がない」の問題があったり、「マンガ描いちゃだめ」って言われたりしてて、「しちゃいけないこと」や「しなければならないこと」が多かったんです。それで、美大に行って初めて「好きなことをやっていいよ」って言われて、すごいびっくりした。ちょっとやると、「もっとやりなさい」って言われるし、「好きなことやっていいんだ！」っていうことがすごい嬉しくて。それが会社に入ったら「もっともっとやれ」って言われて、お金ももらえるわけですすよ。笑いが止まらないですよね。会社を辞めたのは、マンガを描き始めて、仕事するのに24時間じゃ明らかに足りなくなってしまったのが理由です。

雨宮　すごい（笑）。

おかざき　CMの仕事をしてて、『サプリ』でいうところの藤井とコーエツの役を両方やってたんですよ。企画立案するところと、実行に移すところ。両方やってたんですけど。それと、マンガぐらいまではできたんです。

雨宮　それ超人ですよ。

おかざき　なんとなく結婚を考えたときに「この仕事しながら子育てできるかな？」と思って、博報堂の保険関係や育児の支援を調べたんですけど、もうボロボロだったんですよ。それで「これは会社を頼りにできないな」と思って。辞めたのはそれもありました。

雨宮　「結婚したい」と「子育てしたい」っていう気持ちは、働きながらはっきりあったんですか？

おかざき　ありましたね。

雨宮　のんべんだらりと恋愛じゃなくて、目標が定まっていた。

おかざき　そうですね。定まっていたけど、なかなかそうは……（笑）。

雨宮　結婚を視野に入れて恋愛したけど、「ちょっと違うみたいだな」って、うまくいかなかったこともありました？

おかざき　そうですね。

雨宮　ああ……ちょっとホッとしました。そこも超人だったらもうついていけないですよ（笑）。恋愛のダメージが仕事にくるということはなかったですか？

おかざき　私がいた部署は、それを仕事に生かせるところもあったんですよ。中島みゆきさんが「失恋したら、歌が10曲作れる。ラッキー」って言ってたんですけど、そんな感じ。

雨宮　糧《かて》にするんですね。

おかざき　雨宮さんはどうですか？

雨宮　失恋した瞬間っていうのは「なんで恋愛なんてものがこの世にあるんだろう」っ

ていうぐらいの気持ちになりますね。「糧にできるからよかった」とは絶対に思えない。あとからちゃっかり糧にしてるくせにね（笑）。「恋愛さえしなければ、こんなに深く傷つくことはないのに」って、そのときは思います。『サプリ』の中で、田中さんが言う台詞だったと思うんですけど「私達はたくさん持ってるじゃない。仕事も、オシャレも、趣味も。美味しいお店も知ってるし、株から遊びも経験も。なのに、恋愛だけが私達を傷つける。くやしくない？」と。あれには深く頷きました。

おかざき　そうですね。だいたいのことは、努力すれば成果として返ってくる。仕事なら、たとえ時給が低くてもいっぱい働けばちゃんとお金はもらえるのに、恋愛だけがそうじゃない。それは、相手がバカな男子ばっかりだから（笑）。私、ノッてくると、男の人をディスり始めるんですけど、悪気はないんです。男子、愛してるんですけど。

雨宮　愛してることと、バカだと思うことは矛盾しないですからね（笑）。

おかざき　そういう大きな愛だと思って聞いていただければと思うんですが、やつらは気が付かないわけですよ。こんないい女がいるのにね。

雨宮　恋愛も、努力である程度どうにかなる部分はあるし、ぐっとこらえなきゃいけないところもあるから、それを放棄してちゃいけないとは思うんですけど、いくら頑張ってもどうしようもないところもやっぱりあって。

おかざき　さっき言ったように、男子の中での原体験は、ちょっとした努力とか、小細工じゃ揺るがないんですよ。やつらの中の理想って。こっちが努力してもどうにもならなくて、一目惚れで「その子、なんにも努力してないじゃん」みたいな子のところに行っちゃったりするわけですよ。

雨宮　努力にほだされてくれない（笑）。

おかざき　「努力したら、幸せになれるかも」って、本にも書いてあるし、占いにも出てくるから、女子は頑張るんですよね。でも、男子はその女子の努力を「ラッキー」ってつまみ食いはするけど、原体験や理想型は変わらない。

雨宮　男子の場合は、つけ入るスキが性欲しかないんですよ。

おかざき　そうなんですよ。

雨宮　これ、本当に失敗するからやめた方がいいってことだけは、声を大にして言いますけど。

おかざき　天下の紀伊國屋書店さんの真ん中で叫ぶわけですけれども（笑）。

雨宮　性欲につけ入るのは、恋愛としては失敗するからやめた方がいいっていうことを、私はここでハッキリ言っておきたいですね。血と涙を込めて（笑）。

おかざき　やつらの一本筋が通った揺るがない理想の中で、唯一目がくらむ部分が性欲だったりするんだよね（笑）。で、「目がくらんじゃった」って後悔してるのが見えたりすると余計に腹が立ったりして。

雨宮　「いつか後悔させてやる！」「キレイになって振り向かせてやる！」みたいなことをモチベーションにさせる恋愛商売もありますけど、理想は変わらないから、別にこっちがどう変わろうが男子は悔しくはないんですよね。最後まで他人事。そんな、揺るがない男子と、女子の恋愛って……なんだかものすごい難事業に思えてきました。

おかざき　大変ですよね。独身男子全員、理想のタイプを胸に貼って歩いてほしいな。もうそれしかないと思うんですよ、ここを効率化するには。

雨宮　フェイスブックのプロフィールに書いといてほしいですよね。お母さんがどんな人だとかいう情報を。

おかざき　そうですよ。それがハッキリしてれば、ムダが減るじゃないですか。

雨宮　でも、男の人って好きなタイプの女性がどんな人なのか、意外と自分ではわかってなかったりしますよね。「こういうタイプが好き」って本人が思い込んでるのと、実際付き合うタイプは全然違ってたりとか。

おかざき うちの旦那はそのタイプでしたね。好きなタイプを訊かれて「うーん、笑顔が素敵な人」とか言っちゃうタイプ。

雨宮 あんまりはっきりしてないんですよね。本人の中でのイメージが。

おかざき 自分ではわかってない。でも、実ははっきりあって、揺るがないんですよね。

働く女子に必要なのは「一日一王子」

雨宮 本人も自覚してない、自白させられない理想像があるって、もう作戦の立てようもないじゃないですか（笑）。なんだか世間で普通に両思いのカップルが成立してるっていうことが奇跡のように思えてきます。今お話を聞いてても、こんな難事業をよくみんなやっているものだという気がしてきますけど。

おかざき でも、たぶん男の子の前に理想に合致する人間が現れると、きっとあっという間なんですよ。

雨宮 出会いさえすれば、早いっていうことですね。

おかざき　うん、早いと思います。

雨宮　うまくいってないものを無理にうまくいかせようとすると、時間がかかる上に得るものはないという……。

おかざき　男の子に味見だけされて「じゃあね」みたいな。お宝は手に入らず。

雨宮　攻撃だけ受けて、満身創痍で道に倒れて誰かの名を呼び続けるハメに……。それはキツいですね。もちろん自分も、道に倒れて名を呼びはしないまでもそういう目に遭ったことはあって、やっぱり相当キツかったです。その満身創痍の繰り返しを防ぐには、自分が恋愛になにを求めてるかということをはっきりさせておかないといけないような気がします。

なんとなく「恋愛さえすれば全てがうまくいく」ように見せかけて、恋愛という商品は売られてるじゃないですか。「彼氏さえできれば、仕事で疲れてても彼氏が慰めてくれて、しかも素敵な未来が待ってるよ」っていう幻想が売られてますよね。実際に彼氏と付き合ってみたら「そんなことねーよ」って世界が待ってるのに（笑）。実際に付き合ったり、結婚したりしてる人にしてみれば「そんなキラキラした世界じゃねーよ」って話だと思うんです。でも、いま彼氏がいないとか、恋愛したいなって思ってる人にとっては「恋愛さえすれば、全てが……」。

おかざき　「うまくいって月9みたいな世界が待ってるに違いない」と。

雨宮　どこかにそのユートピアが……。『ガンダーラ』みたいに待ってるという幻想を持ってしまってると思うんですよね。

おかざき　そう思っちゃうのは危険ですね。

雨宮　私はそれに踊らされたまま35歳まで来ちゃった気がしますね。「結婚したいって思わないわけじゃないけど……」って言いつつ、ちゃんとターゲットを定めてないし、ビジョンもない。漠然と「彼氏欲しーい」「自然な流れで結婚できればいいなー」程度の、悪い意味でゆるくてふわふわした価値観でここまで……。

おかざき　ちゃんと、言える社会だといいですよね。言いづらいじゃないですか。「結婚したい！」って（笑）。

雨宮　今ここでだったら大声でいくらでも言えますけど、目の前にいいなと思う人がいたら言いづらいですね。「私、結婚したいから、その気ないなら帰って！」とは言えない（笑）。「その気がなくても、キスぐらいしてくれないかな？」って姑息な感じに……。

おかざき　「今すぐ決めて」って言えたら早いのにね。でも、言うとそこでまたやつらは逃げ腰になるわけですよ。ちゃんと向き合えよって思いますよね。

雨宮　男の人も「この人」っていうのが見つかれば早く結婚したいって思ってる人けっこういると思うんですけど、「この人」って、自分がピンと来るかどうかの問題だから、こっちがアプローチしてて変わるって問題じゃなさそうなんですよね。押し切られて、みたいなのは、なさそう。

おかざき　押し切られると、そのあとあんまり続かないんじゃないですかね。

雨宮　男の人の性質なのかわかんないですけど、自分の理想の女性を射止めるためには、ものすごく頑張るし、それを手放さないっていうのはあると思います。ああ、もう、どうしたらいいんだろう……。私の人生相談みたいになってますけど（笑）。

おかざき　世の中男女半々なんだから、いくらでも出会えばいいじゃないですか。私、働いてるときに「一日一王子」って決めてて。

雨宮　なんですか、それ。

おかざき　「本日の王子様はこの人」って決めて、その人と喋れたら何点、その人と目が合ったら何点、って加算していくの。

雨宮　その王子と進展することもあるんですか？

おかざき　あんまりないですね。でも超嬉しい。

雨宮　日々の潤いとしての王子（笑）。それ、大切ですね。働く女子にいちばん必要なものじゃないですか。恋愛よりもそういうのの方が、傷ついたり振り回されたりしなくていいんじゃないかという気が……。恋愛がない方が、人と人とのお付き合いとして安定するんじゃないかとか思うときもあって。そうなると本当に「恋愛っていったい……」みたいな。

おかざき　思います。

結婚とは変態になること

雨宮　おかざきさんが結婚しようと思ったときは「もう恋愛はいい」と思いましたか？

おかざき　私はすごく恋愛体質だったんですけど、例えば、すごく顔が好きな人と付き合ってうまくいかなかったら、「顔は私を幸せにしない」って思ったし、すごいお金持ちの人と付き合ってうまくいかなかったら、「お金は私を幸せにしなかった」と思った。それでいろいろ繰り返して「結局、感情があるうちはだめなんだ」っていう結論を、自分は出したんですよね。感情があると振り回されちゃうので、幸せではない。

雨宮 自分が振り回されてしまうから、そうじゃない関係をと思ったら、恋愛ではない形だったっていうことですよね。

おかざき 私、ツイッターで「恋愛の最高成就形態は変態だよね」って書いたら、ひとりだけ「夫婦のことですよね」って言ってくださった方がいて。もう「YOU!」みたいな感じで(笑)。

雨宮 「YOU、わかってんな!」と(笑)。

おかざき 365日、一対一なんですよ。きれいな言葉で言えば「健やかなるときも病めるときも」ですけど、実体は、腰から下を繋いだままで殴り合ってる状態(笑)。でも、子どももいるからとにかくうまくやらなきゃいけないのが前提なんです。そうすると、だんだんお互いがお互いに対して、変態になってくるんですね。本当に子育て中は大変だから、無い乳を丸出しにしながら、授乳中に赤ん坊がまだチューチュー吸ってるのに、ガーガー寝てたりするわけ。そんな私をあえて選び続けてるんだとしたら、旦那は相当変態だと思う。

雨宮　体力の限界の、極限の姿を見るわけですもんね。

おかざき　産後、戻ってないたるたるのお腹を丸出しにしてても、それを毎日見ながら、「武士の情け」って、写メ撮らずにいてくれたりとか（笑）。それで、なんだかんだ12年は続いてる。一対一でずっとやっていくには、変態になるしかないんです。

雨宮　通常の、ライトな感覚の恋愛だと続かないんですね。

おかざき　何か見た瞬間に、きっと気持ちが冷めるでしょ。結婚の場合は、どんなものを見てもあえて「そこがいい」って言わないとダメ（笑）。

雨宮　自分が変態になれる相手が大切なんですかね。

おかざき　ううん、そういう人が現れるんじゃなくて、きっと自分が変わっていくんです。自分が相手に合わせて、変態になっていくんですよ。変態は一日にしてならず（笑）。

雨宮　自分の変態性が、その人によって開花していく。

おかざき　そうですね。お互いちゃんと見つめ合っていないと、変態ぶりを高め合っていけないので、同じぐらい見つめてくれる人っていうのは重要ですね。要するに、同じだけ殴り合ってくれる相手なんです。片方が殴らなくなっちゃうと、コミュニケーションが終わっちゃうんで、同じだけ、しつこくやってくれる相手がいい気がしますね。

[☞ 2012年4月25日／イベント「恋も仕事も不器用に⁉ 現代女子の生きる道」／紀伊國屋書店新宿南店にて収録]

×おかざき真里　恋愛とは仕事である

雨宮まみ

あまみやまみ

エロ本の編集者を経てフリーのライターに。

主に恋愛や女であることに素直に向き合えない「女子の自意識」をテーマに『音楽と人』『POPEYE』「ウェブ平凡」等で連載中。

著書に『女子をこじらせて』（ポット出版、2011）

書籍DB 刊行情報

1 データ区分 —— 1
2 ISBN —— 978-4-7808-0190-3
3 分類コード —— 0095
4 書名 —— だって、女子だもん!!
5 書名ヨミ —— ダッテジョシダモン
7 副書名 —— 雨宮まみ対談集
13 著者名1 —— 雨宮　まみ
14 種類1 —— 著
15 著者名読み1 —— アマミヤ　マミ
16 著者名2 —— 峰　なゆか
17 種類2 —— 著
18 著者名読み2 —— ミネ　ナユカ
19 著者名3 —— 湯山　玲子
20 種類3 —— 著
21 著者名読み3 —— ユヤマ　レイコ
22 出版年月 —— 201211
23 書店発売日 —— 20121105
24 判型 —— 4-6
25 ページ数 —— 208
27 本体価格 —— 1300
33 出版者 —— ポット出版
39 取引コード —— 3795

本文 OKアドニスラフ80・四六判・Y・65.5kg (0.145)
1C [TOYO 10973]
カバー アラベール・スノーホワイト・四六判・Y・130kg
3C [PANTONE 802C+PANTONE Process Yellow+888 Black]
マットニス
帯 オーロラコート・四六判・Y・135kg
2C [PANTONE 802C+888 black]
グロスニス
表紙 地券紙・L判・Y・23kg
1C [PANTONE 806C]
使用書体 ヒラギノ明朝Pro・游ゴシック体・ゴシックMB101・ふい字
Helvetica・Fling Plain・Alba Matter

2012-0102-7.0

雨宮まみ対談集
だって、女子だもん!!

著者…………雨宮まみ
峰なゆか
湯山玲子
能町みね子
小島慶子
おかざき真里

編集…………小嶋優子
デザイン……小久保由美

カバーイラスト……アニメ「アタックNo.1」
©浦野千賀子・TMS

発行……2012年11月5日[第一版第一刷]
2012年11月22日[第一版第二刷]

希望小売価格……1,300円＋税

発行所……ポット出版
150-0001 東京都渋谷区神宮前2-33-18#303
電話 03-3478-1774
ファックス 03-3402-5558
ウェブサイト http://www.pot.co.jp/
電子メールアドレス books@pot.co.jp
郵便振替口座 00110-7-21168 ポット出版

印刷・製本……シナノ印刷株式会社

ISBN978-4-7808-0190-3 C0095

Datte Joshi Damon!!
by AMAMIYA Mami,
MINE Nayuka,
YUYAMA Reiko,
NOMACHI Mineko,
KOJIMA Keiko,
OKAZAKI Mari

Editor : KOJIMA Yuko
Designer : KOKUBO Yumi

First published in Tokyo Japan,
Nov. 5, 2012
by Pot Pub. Co. Ltd.
#303 2-33-18 Jingumae
Shibuya-ku Tokyo, 150-0001
JAPAN
E-Mail: books@pot.co.jp
http://www.pot.co.jp/
Postal transfer : 00110-7-21168

ISBN978-4-7808-0190-3 C0095

雨宮まみの本

「女子」という生きづらさに
真っ向から向き合ってきた
雨宮まみの半生記。
発売直後から、
全国のこじらせ系女子の
共感が沸き起こる。
モテない、劣等感、性欲、
あまりある自意識……、
「女子力検定失格！」の烙印を
押されても
女子街道をひた走る！

電子書籍版も
発売中

.book版

女子をこじらせて
雨宮まみ

希望小売価格：933円＋税
ISBN978-4-7808-5072-7 C0095
電子書籍
［2011年12月刊行］

※全国の書店、オンライン書店で購入・注文できます
※以下のサイトでも購入できます　ポット出版➡http://www.pot.co.jp　版元ドットコム➡http://www.hanmoto.com
※ポット出版刊行の電子書籍は、BinB STORE（http://binb-store.com/）等、各電子書籍販売サイトでご購入いただけます。